北京协和医院 / 陈罡 著

因为是医生

Oath
of
Angels

化学工业出版社
·北京·

图书在版编目（CIP）数据

因为是医生／陈罡著．—北京：化学工业出版社，2014.1

（2025.6重印）

ISBN 978-7-122-19182-3

Ⅰ．因⋯　Ⅱ．①陈⋯　Ⅲ．①长篇小说－中国－当代
Ⅳ．① I247.5

中国版本图书馆CIP数据核字（2013）第286880号

责任编辑：赵玉欣　　　　　装帧设计：尹琳琳
责任校对：陈　静

出版发行：化学工业出版社
　　　　　（北京市东城区青年湖南街13号　邮政编码100011）
印　　装：大厂回族自治县聚鑫印刷有限责任公司
880mm×1230mm　1/32　印张 7¾　字数137千字
2025年6月北京第1版第13次印刷

购书咨询：010-64518888
售后服务：010-64518899
网　　址：http://www.cip.com.cn
凡购买本书，如有缺损质量问题，本社销售中心负责调换。

定　　价：29.80元　　　　　　　　　　　　版权所有　违者必究

序

刚拿到文稿时，我迅速地浏览了一遍，感觉这部小说就是一个专业人士以医院为背景，把医生工作中的流程和感悟写成了一些故事，一些有关医学的故事。在目前医患信息不对等的情况下，这本基本写实的书不失为一种类似科普的书籍，为大众了解医院真实医疗过程提供机会，对于大众了解医院并知道如何和医生有效交流起到一些作用。

几周过后，静心再读，竟又有了许多感想与感慨。

作者陈罡是北京协和医院一位优秀的年轻医生，因此有机会担任大内科总住院医生，也因此，有了书中各位总住院医师栩栩如生的描述。书中黄金周几位患者的成功救治，来源于年轻医生们数年来工作之余不间断看书学习、随时相互讨论并交流病情练就的扎实的基本功，有赖于他们平时"泡在病房"的积累。每一位患者的转危为安，绝不仅仅是读文献、上网搜索就能解决的。这本书中，每位总住院医师经历过的诊断与治疗，他们处理患者和带教下级医生的技能，看似一蹴而就，实际上却是他们五年甚至更长时间在大内科不同临床一线科室轮转磨炼的结果。

由于曾有过同样的经历，我在阅读本书的过程中甚至常常以为是在读医师们的工作日志。我想医院这一多年浸淫似的住院医师和总住院医师锻炼，是医师培训的精华所在，我为年轻医生们度过了在很多医院都不可重复的职业生涯中一个重要阶段而由衷喜悦和骄傲；在目前短平快节奏的现实中，在这样的大环境下，全中国的年轻医生选择坚持，我也为此而由衷地感谢他们，我愿意向所有有志于医学的朋友们推荐这本书。

我每天都在和年轻医生们接触，看着他们就像是看着自己的孩子，有喜悦，也有担忧。总认为他们有很多没有经历过，不放心、不放手，怕他们那样，告诉他们要这样，犹如那烦人的中学生家长，不停地批评，不停地唠叨。殊不知这些所谓的"孩子"已经能够很好地独当一面了，在某些方面甚至超越了我们，真是令人欣慰。

他们如此的有思想，他们如此的优秀。似乎在我们不惑、知天命的年龄才体会领悟到的东西，这些年轻的医生们已有领悟并在行动中体现。

从"达摩克利斯之剑"，我对他们的职业精神和敬业精神心生敬佩。这些年轻的医生们，他们兢兢业业，非常难能可贵；通过"守望"，我感受到了他们真善美的饱满情感，他们都如此善良。这些年轻的医生，他们具备了作一名好医生难能可贵的品质。

这本书值得细细品读！

李雪梅
北京协和医院肾内科

写在前面的话

几年前,出版人小欣对我说:"日本流行一种'就'书,你有没有兴趣写一本?"

"新旧的旧?"

"一蹴而就的就。"

几经撮合,诞生了三本《×××,看这本就够了》的医学科普,我没有太在意,心想过把出书瘾就得了。没想这三本书很快就爬上了网店同类图书的榜首,小欣告诉我不断攀升的销量数据,我弄不明白几万册、十几万册,或是更大的数目是什么概念,只是有点后悔当初没签版税合同。

四年过去了,我到了王府井新华书店,看到我写的那几本书都还活得很好。小欣告诉我它们在网店上活得更好。

"有兴趣写点别的什么吗?"

"小说行吗?"我刚当完内科总住院医生,一年来的生活还历历在目。

"行。你写我就出。"

这回我签了版税。前前后后忙乎了一年,有了这本小说。写完的那一天,我把PDF文档发送给十几位师长和好友，他们有人是学医的，有人不是学医的，然后，有人看爽了，有人看哭了。

他们还为小说的创作提出了许多宝贵意见，我仔细斟酌，细致雕琢，毕竟这是我的第一部小说，我像对待新生儿一般细心和真诚。

感谢丁香园，这是一个充满爱心和包容的医学网站；感谢丁香园的创始人李天天，他的平易近人和果决让我第一次近距离感受到一个成功互联网人的气度；感谢我的导师李雪梅，她接到我的稿件后当晚就熬夜看了一遍，还欣然为我提笔作序；感谢曾学军老师，写作全程她都给我充分的支持；感谢余可谊、沈敏和吴东为小说作出的完善，他们才华横溢、文笔细腻，倘若投身写作，或能撼文坛一方；感谢作家刘元举对我说："惊异于你将那么专业的医学内容，与人物命运有机地揉在一起，并行不悖，充分显示了游刃有余的才情"。

感谢和我共事过的北京协和医院内科总住院医生们，他们是：冯云路、李骥、吴迪、孟婵、谭蓓、徐娜和彭琳一。一年的时间里，他们和我同甘共苦。没有他们，就没有我写作的灵感和素材，尽管小说是个虚构的世界，其中的故事并非在现实中发生，但我要说，现实远比小说更精彩。

感谢我的爱人砾砾以及我的家人，他们在我写作过程中给了许多支持。我想说，一年不干家务的感觉真好。

最后,感谢我的小女儿,小名叫多多,不满一周岁的她酷爱撕纸,从医学上说,这是婴幼儿在训练手部的精细动作,手纸、报纸、宣传单、杂志……凡是她看不顺眼的就撕,《独唱团》和《知音》摆在面前,她撕了《知音》。

居然,她从来不撕我的手稿。

陈罡
2014年2月于北京协和医院

目录

写在前面的话
大学教科书里没有的规则   /001

只有在别人值班时发生的事情,才是小事情。不管发生什么事情,只要是你当班,就是大事情。这是总住院医生的第一守则。

未选择的路   /007

现在倒好,能帮上你的工具就只剩那个"皮球"了,要真出了什么情况,最好的办法就是把"皮球"接好面罩朝病人脸上一扣,捏着"皮球"冲向距离最近的病房了。

关不上的"盒子"   /020

欢喜、期待、感激、希望、失望、绝望、破涕而笑、喜极而泣、对生的渴求、对死的畏惧、对生命的领悟……所有的一切,每天都在这里上演。

夺取死神手中的镰刀   /037

这是一场战役,一场从死神手中夺取镰刀的战役,没有预演,没有安排,大家心照不宣地站在属于自己的阵地上,身上每个细胞都透着紧张,但手脚没有丝毫慌乱。

四处救火的"消防员"   /057

"大错!我之前不是告诉过你们:你们不能满足于结果正确,过程正确才是真的正确。经过错误的过程得到满意的结果,那是侥幸!"

剑宗和气宗   /070

我有些懊悔,懊悔自己查体时竟然没有面面俱到。我甚至羞愧地想起了华山派的剑宗和气宗——看来,我的马步还得重新扎起。

守望，守住了才有希望　　/089

外科是一门刀尖上跳舞的艺术，如果有可能，内科应该协助他们充分准备好舞谱，而不是把他们逼上刀尖。

各自的黄金周　　/108

成败在此一举。我仿佛进入一个无声的世界，突然觉得周围的一切都安静了，眼前只剩下石静手中向前试探着的导管，不好，有阻力！一下，两下，三下……

达摩克利斯之剑　　/129

我感觉自己就像达摩克利斯，穿上了王袍，戴上了金制的王冠，坐在宴会厅的桌边，桌上摆满了美味佳肴……却忘了天花板上倒悬着一把锋利的宝剑，尖端直指着自己的头顶。

灵魂的重量　　/148

父母亲吻孩子的额头后，迈出病理科的大门，他们互相搀扶着的身影最终消失在长廊的拐角。我们和病理科的医生们一起，对着这个背影再次深深地鞠了个躬。

花之绽放，一瞬的美丽　　/168

床头灯的暖色光把她的身影投射在窗帘上，微风拂过，窗帘带着剪影徐徐波动，我静静地欣赏着那个剪影，很美，像一幅古香古色的水墨画。

春天的脚步　　/192

我的脑子变得一片空白，心里有激流奔涌，它们向上流动着、汇聚着，愈发壮大，然而突然受阻于喉管里的狭小声腔，再也无法通过，咽住了。

雕刻时光　　/218

一年一个循环，我们的确也老了一岁，但这一岁老得很值得；不会老去的是时间，它只是转了圈又回到了原点；医学也从未老去，它越活越年轻了。

大学教科书里没有的规则

> 只有在别人值班时发生的事情,才是小事情。不管发生什么事情,只要是你当班,就是大事情。这是总住院医生的第一守则。

二零一二年四月七日,上任内科总住院医生第一天。

三天的清明小长假刚刚结束,当清晨的曙光将这座城市从慵懒中唤醒时,路上的车辆零星,行人无几,我骑着自行车飞驶在通往地铁站的林荫小道上,不经意间看到路边枝芽上新发的一抹樱红色,孤寂,却又透着无比的惬意。

北京地铁的拥堵被广大市民所诟病,于我而言,感觉并不那么强烈,在医院里工作,早出晚归早已经变成了一种习惯,习惯又渐渐地演化成了生物钟,要真有运气好到能准点下班的时候,反倒因为生物钟的紊乱而变得浑身不自在,也正是因为这种难得的奢侈享受,我才领教了什么叫地铁的客流高峰。

下了地铁,离北京熙和医院就没几步路了。这里是城市的中心地段,医院紧邻着玉府井,曾经是这一带最恢宏的建筑群,后来随着东方新银座、雅宝汇等建筑群的崛起,古老的楼房已然相形见绌，但那些精雕细琢的红色砖墙和绿色琉璃仍显露着昔日王府的威严和霸气。这里，交汇着两条名字俗气的街道——金玉街、银龙街，街上熙熙攘攘的人群行色匆匆，有夹着公文包一路小跑的白领、有西装革履刚迈下豪华车的老板、有风尘仆仆的旅客、有路边吆喝的商贩……古老的医院就这么孤静地立于其间，仿佛在提醒着人们：这个忙碌喧嚣的世界里，依旧存在着生命的轮回。

住院楼分为老楼和新楼，我走在通往老楼的过道——我们昵称"新加坡[①]"——看着一步步靠近的内科办公室大门，突然有一股复杂的感觉交织在一起，排山倒海般地从心头涌出，刹那间将我淹没：五年住院医生的日子到此结束，迎面而来的是一年更为艰辛的总住院医生生活。这一年究竟会有多累我难以预料，但可以肯定的是，正常人的娱乐，正常人的双休日，正常人的旅游度假……，这一切的一切，对我而言，都将只是一些熟悉而遥远的名词。

推开办公室的门，四位穿着白大衣的人围坐在会议桌上：玩弄着iPad的沈一帆，沉稳的眼镜背后透着一双睿智的眼睛；翻阅着《The Lancet[②]》的米梦妮，眼睛盯着杂

[①] 新加坡：医院"新楼"和"老楼"中二层连在一起的那个坡道，由于是"新楼"建成后"新加"的坡，被医院员工俗称为"新加坡"。
[②] The Lancet：中文译名《柳叶刀》，是目前医学界最权威的学术刊物之一，也是影响因子最高的SCI刊物之一，其在医学界的影响甚至超过了《Nature》和《Science》。

志的同时,精致的小嘴正品着一杯咖啡;脖子上还挂着听诊器的苏巧巧,脸上透着疲惫,不用说,一定是昨晚值了个忙碌的夜班;这三位和我一样,也是今年选拔出的内科总住院医生,他们先于我几周上岗,我们将共同度过这一年的"难关"。还有一位杨总,他已经圆满完成了一年的总住院医生生涯,今天即将把岗位交付给我,"修成正果"的他此刻正悠闲地坐着,精瘦,面色轻松地哼着一曲不知名的小调。

"嗨,兄弟,快换上白大褂,我们正等着你呢!苏巧巧刚和我们分享了昨天晚上惊心动魄的抢救经历,你已经错过了。不过也没什么可惜的,抢救对总住院医生来讲简直就是家常便饭,你自己很快就能遇到。趁你第一天上岗,我告诉你内科总住院医生的生存守则,把这些守则记牢了,你这一年的生活就可能好过一些。"杨总性急,刚一见面就像机关枪似地吐出一长串话。

"生存守则?你是说总住院医生的日常工作安排吗?"

"哈哈,才不是呢。那些所谓的流程,你上岗一两天就能摸得一清二楚,杨总要传授于你的,是他担任总住院医生期间攒下的心得,免费奉送噢,这可是你在医学院的那几十本教科书中找不到的。"米梦妮啜一口咖啡,眼睛依然没有离开面前的《The Lancet》。

我顿时萌生兴趣,换着白大衣,迫不及待地说:"那还等什么,就快点告诉我吧。"

"第一：只有在别人值班时发生的事情，才是小事情。不管发生什么事情，只要是你当班，就是大事情。这是总住院医生的第一守则。这听起来很好理解，而且我相信你在刚上任的时候会做得很到位，重要的是努力坚持下去，到最后一班岗时也不能有半点松懈。"

"就拿昨晚夜班的事来说吧，血液科一个白血病病人刚打完化疗，夜里上厕所时不小心跟跄了一下，头磕到门框，当时她没觉得有什么不舒服。我不放心，坚持扫了个头部CT，结果发现脑出血。很快，病人的右侧肢体就不能动弹了，我和神经内科、神经外科的会诊医生一起制定了方案，现在这会儿，病人正躺在病床上接受治疗。"苏巧巧顿了顿，"套用一句张孝骞①老前辈六十年的行医感受：'临床工作如履薄冰，如临深渊。'"

"第二：内科总住院医生一天到晚都能接到来自各个科室的求助电话，从各式各样的鸡毛蒜皮到真正意义上的抢救——休克、呼吸衰竭、心律失常、猝死……当你电话里辨识不清究竟会是小事还是大事时，亲自过去看一眼病人远比别人打一百次电话描述病人的情况有用得多。"杨总换了个舒服的姿势，继续说，"这条规则尤其适合于内科以外

---

① 张孝骞（1897—1987），男，内科专家、医学教育家、中国消化病学的奠基人。他毕生致力于临床医学、医学研究和医学教育工作。对人体血容量、胃分泌功能、消化系统溃疡、腹腔结核、阿米巴痢疾和溃疡性结膜炎等有较深入的研究。在医学教育方面有他独到的见解，培养了多名骨干人才。

的科室，毕竟是术业有专攻，他们的内科底子相对薄点儿，判断病情的轻重程度有时未必可信。

"第三：你不是一个人在战斗。在这一年的时间里，你会遇到各种各样的事情，同时在两个病房开锅似地抢救也不是什么小概率事件，当你三头六臂也施展不开时，别忘了还可以求助于ICU或者急诊科的总住院医生。兄弟，你虽然是总住院医生了，但论资历，论经验，你还只是个菜鸟，当你遇到搞不定的会诊，别忘了去请教更有经验的医生，即便发生在大半夜。记住：病人的事永远要摆在第一位。嘿，你们几个有什么想告诉他的吗？"

沈一帆放下手中的iPad，沉思了一小会儿："我补充一条——学会休息。当你值班时，如果手头还有没干完的活，赶紧用最短的时间把它干完，因为你永远不知道后面还会有多少事情在等着你。如果你手头没有活，就去休息，或者去吃东西，再或者去上厕所。如果你能坐着，不要站着，能舒服地躺上一会儿，就不要傻坐在椅子上。"

米梦妮"扑哧"一声笑了，脸上露出两个浅浅的小酒窝："还有，学术需要争论，见解可以不同，但对待前辈们需要充分尊重，对待后辈们需要呵护，要知道，担任总住院医生的一年也是自己在医院里攒人缘的好机会哦。"

"说得对。恭喜你，程君浩，你成为一名总住院医生了。"杨总和我很正式地握了握手，"现在开始，你就不再像在病房里工作那样，每一项决定都有主治医生给你做后援，自己不用担心犯什么错误。从今往后，你常常需要独立做出判断，并在决策中成长。我说兄弟，你准备好了吗？"

"嗯，我想是这样的！"

沈一帆、苏巧巧和米梦妮对我笑着，挨个儿和我握了握手。

临床感悟

医护人员的"值夜班"

沈一帆　夜班是白天工作的延续，又有其特殊性：医护人员少，可获得的医疗资源少，危重病人夜间病情容易变化。

苏巧巧　需要重视病人新出现的症状和体征。

米梦妮　病情判断不清时，处理更应积极，不可心怀侥幸心理，消极等待。有充分把握才能"先看看再说"。

我　　　病情危重、诊断不明或治疗效果不明显时，及时请示上级医生，并和家属取得有效的沟通。什么都多做一点，多谈一点，是救治危重病人的基石，也是医患关系的润滑油。

未选择的路

> 现在倒好,能帮上你的工具就只剩那个"皮球"了,要真出了什么情况,最好的办法就是把"皮球"接好再罩朝病人脸上一扣,捏着"皮球"冲向距离最近的病房了。

在我们医院,总住院医生又被大家称为"总值班",因为值班是我们这一整年的主题。诚如其名,我们这一年的生活的确如此:不是在值班,就是在前往值班的路上。还有不少实习医生和住院医生喜欢亲切地喊我们一声"老总",我乐于接受这个称呼,它颇有点CEO、CFO之类的韵味,总会让我在穿上白大衣的瞬间萌生一种年轻有为、事业有成的错觉。当然,喜欢"老总"这个称谓的肯定不止我一个,早在几年前就有一位总住院医生专门开设了"老总下午茶"的教学活动,形式多样,轻松活泼,可以对着实习医生们神侃,然后很陶醉地沐浴在实习医生们崇拜的目光中,他享乐其中,并且还自掏腰包购买了大批好吃的零嘴儿"诱惑"越来越多的实习医生们来听课。所谓醉翁之意不在酒,花点小钱买崇拜总不会是一笔亏本的买卖。一年下来，这位老总喂胖了一批实习医生，也喂胖了自己。

几年前，当我还是第一年住院医生的时候，总值班的形象在我的心目中简直就是个神：遇到危重病人抢救，我还没缓过神来，总值班已经三下五除二地搞定；遇到疑难疾病诊治，我在病房里翻查半天文献仍毫无头绪之际，总值班过来说上个三言两语就可以让我有醍醐灌顶之感；遇到医患沟通困难，我受尽委屈，"谈判"即将破裂之时，总值班又能及时现身并迅速地在谈笑间樯橹灰飞烟灭……我曾经问过一个身材高大、气宇非凡的总值班——此人学识渊博、思路清晰，被很多住院医生称为Walking Cyclopedia（移动的大百科全书）——当总值班的感觉是什么样的？这家伙居然酷酷地冒出几句英文诗：

Two roads diverged in a wood, and I–
I took the one less traveled by,
And that has made all the difference.

我当时愣住了，回味了好长一段时间，后来才知道这几句出自美国诗人罗伯特·弗罗斯特[①]的著名诗歌"*The Road Not Taken*"：

一片森林里分出两条路

[①] 罗伯特·弗罗斯特是20世纪最受欢迎的美国诗人。他的诗歌从农村生活中汲取题材，与19世纪的诗人有很多共同之处。他曾赢得4次普利策奖，被称为美国文学中的桂冠诗人。

而我选择了人迹更少的一条

从而决定了我一生的道路

看完整首诗后,我更加懵懂了。然后,在懵懂的日子里时间过得飞快,随着30岁的步步逼近,和许多人一样,我反而不好意思说自己是"奔三"的人了。子在川上曰:逝者如斯乎?但是,这厮也跑得太快了吧……几年的光景里,我倒也渐渐感觉到自己的成长:对病人诊治的把握渐入佳境,赢得主治医生们的赞赏越来越多,还收获了自己的一小批实习医生小粉丝们。再接下来,当我得知自己被选为今年的内科总住院医生之时,不知怎么的,耳边再一次回响起 The Road Not Taken 里的那几句诗词……

内科总住院医生的工作大体上可分成四个部分:会诊、教学、协调内科各科室,然后就是抢救!抢救!抢救!当轮到你值班的时候,如果运气好,各个病房均和谐安详的话,你也能被上天眷顾着睡上几个小时。但如果很不幸,病房里危机四伏的话,你就准备好几杯咖啡,等着四处奔命吧。

上任总住院医生的第二天,我迎来了自己的值班日。

白天倒也过得波澜不惊,我安排了当天收住院的病人,处理完几个算不上紧急的会诊,再和实习医生们进行了一个小时的教学,一晃就到了晚上6点,匆忙扒了几口饭,就赶往各个病房巡视。

巡视绝不是走马观花的形式主义,在这个时间,病房的值班医生会把当天收治的新病人和病房里的重病人一股脑儿地向你汇报,你的笔头和脑子都得转得飞快,短时间内将一连串数据分门别类,然后跟随值班医生到重病人跟前去"相面",为一些棘手的处理支招。值班第一天,几个病房转下来时,我有一种大脑内存严重不足的感觉。

呼吸科是我巡视的最后一个病房,一位34岁的新病人引起我的注意。她一个月前在单位体检时发现了肺部占位性病变,最近来我们医院做了胸部CT:那是一团直径约2厘米的肿物,恶狠狠地占据着左侧肺部的外野,形状不规则,冷笑地伸出它的触手,在医学上,我们管它那胖触手叫"分叶征",尖细的触手叫"毛刺征"。

"看上去可不是什么好东西,瞧它那张牙舞爪的样子,估计是肺癌吧。"我盯着CT皱了皱眉头。

"真希望不是。这位病人简直就是健康生活方式的引导者,她不吸烟,不喝酒,是个素食主义者,每天还做一个小时的瑜伽,并且,她还那样年轻。"今天呼吸科值班的小肖是一位心地善良的年轻女住院医生。

"Tissue is the issue. 让肿块自己来说话吧,只要穿刺取点病理,诊断也就一目了然了。"

然后,我到床边和这位34岁的女病人做了简单交流:她有个好听的名字叫张倩雪,体型苗条,得益于她每天的瑜伽运动;谈吐得当,是一位正处于事业上升期的公司白领;面露温柔,她同时还是一位5岁孩子的母亲。

"不用担心，诊断和治疗的事就交给我们吧。"我和张倩雪握了握手，准备离开病房。

"谢谢您，医生！"她站起身，送我出病房，我注意到她走路的姿势有点奇怪。

"你的腿没事吧？"

"不碍事儿，呵呵，我知道自己病了之后还坚持做瑜伽，可能是方式不对吧，扭到腿了，现在还有点痛。"

"好好休息吧。"

我离开病房的时候已是晚上10点半，医院周围繁华的商业楼盘打了个呵欠，露出夜的冷清，医院对面的居民楼也有三分之一的房间灭了灯。而医院的病房大楼里依旧是一片灯火辉煌：10点半，绝对不是值班医生能够酣然入睡的时间。听说曾有邻近的居民们看到我们医院夜间灯光长明，心里十分踏实：熙和医院的医生们真勤奋，大晚上的都还在学习呢！

夜在宁静中伸了个懒腰，凌晨2点，值班手机突然响起。

呼吸科！

"老总，过来帮我一下吧，在你走后不久，今天你看过的那个女病人张倩雪就开始咯血，量不算多，我用了点止血药，但好像并不管用。刚才她又咯了点血，还有些胸痛，我做了份心电图，排除了心梗。她的生命体征是：心率112次/分，血压100/70毫米汞柱，血氧饱和度92%。"小肖显然是神经紧绷着，语速有些快，还带着颤抖，"老总，你说是不是肺癌出血了!"

"查个血气分析,连上心电监护,吸上氧气,我这就过去!"我冲出办公室,一路小跑。

进了呼吸科病房,我径直走向张倩雪的房间,她正背靠着枕头坐在床上,床头柜上散落着几团沾着血迹的手纸。她刚采完血标本,右手拇指按住左手腕部的针眼,吸着氧气,人显得虚弱,呼吸有些急促,心电监护上显示呼吸频率28次/分,指氧饱和度是96%,看见我来了,她礼节性地点了一下头。

"张女士,你现在觉得怎么样?"

"咯了点血,胸口有些痛,还有点……有点上不来气。"

"我给你检查一下身体。"

检查了肺部和心脏,并没有什么特殊体征。突然,之前那略显别扭的走路姿势在我的脑子里闪现了一下,"我检查一下您的双腿",一边说着,我卷起张女士的裤管,露出双腿。

皮温,对称。足背动脉搏动,对称。双下肢周径,看上去差不多,我掏出卷尺测了一下:左下肢髌下10厘米处28厘米,右下肢29.5厘米。我一狠心,将右侧脚掌向上一掰,张女士"哎哟"地叫出声来。

"医生,我的腿做瑜伽伤着了,经……经不起这一掰。"

"我想你的腿并不是运动扭伤了,很可能是长了深静脉血栓。"当小腿深静脉长血栓时,将足掌向背侧屈曲,由于腓肠肌的被动拉伸,刺激小腿深静脉,进而引起小腿肌肉深部疼痛，我们称这个体征为Homans征。

"胸痛、咯血、呼吸困难，肺栓塞三联征呀。"一旁的小肖看完我的查体，若有所思地拿起之前做过的那张心电图，"天哪，SIQⅢTⅢ[①]！"

这时候，护士走进房间告诉我们血气分析的结果，符合低氧血症。

肺栓塞确实是我的担心，低氧血症，以及查体发现的下肢不对称肿胀和SIQⅢTⅢ的心电图改变更是增加了诊断肺栓塞的分量。平常状态下，人体的血液在血管里畅快地流动，但在某些情况下，比如创伤、长期制动、分娩、罹患肿瘤的时候，血流淤滞或者凝固性增高，血液在血管里流动缓慢了，很容易形成血栓。血栓形成后如果老老实实地继续呆着不动也就罢了，就怕血栓脱落，一路横冲直撞地跑到了肺里去，由于肺里的动脉的管径有限，对于来自大血管的"大块头"血栓来说是个死胡同。于是，这困在肺动脉里转不了身的"麻烦制造者"就引发了胸痛、咯血、呼吸困难的肺栓塞三联征。对于这位可能患肺癌的张女士而言，本身血液就处于高凝状态，做瑜伽时的长时间制动有可能火上浇油，导致深静脉血栓形成，再接下来的故事就是肺栓塞了。

"老总，我们用低分子肝素吗？"对于肺栓塞而言，我

---

① 一种提示肺栓塞的心电图改变，并非在肺栓塞时都绝对出现。

未选择的路 / 013

们所要做的就是想办法把肺动脉上的栓塞溶开。能够降低血液凝固度的低分子肝素是个不错的选择。

"但我们能百分之百肯定是肺栓塞吗?"这是我的担心,"如果是肺栓塞,我们得抗凝,但万一是肺部肿块出血,我们要用止血药。那可是两种相反的治疗。"

"那我给她查个D-二聚体[①]。"

"还是直奔主题吧,直接做个CTPA[②]。对于高度怀疑肺栓塞的病人,D-二聚体这种排查性质的检查是可有可无的。"眼见为实,没有什么比看见一个东西更让人确信它的存在了,CTPA就是能帮你"看到"肺栓塞的检查,"快点建立一条静脉通路,准备好简易呼吸器和氧气瓶。我去叫放射科的医生作检查的准备。"

CTPA并不是急诊常规能做的检查,它需要有注射造影剂的护士,负责CT扫描的技术员,进行CT血管重建的医生的配合,当然,你还要准备好一个非做不可的理由。不然,没有人愿意在深夜劳师动众。

没办法,内科总住院医生就得经常在不恰当的时间吵醒许多人,并迅速地和他们开展有意义的对话,如果在你放下电话之后连打几个喷嚏,那说不准是谁在电话那头抱怨了几句。

---

① D-二聚体反映纤维蛋白溶解功能。结果增高,见于继发性纤维蛋白溶解功能亢进,如高凝状态、弥散性血管内凝血等。
② 肺动脉CT血管造影,对肺栓塞的诊断具有决定性意义。

"喂……"电话的那一头打了一声呵欠,这些年来,随着医院规模的扩大,放射科的阅片量也明显增加,有时候,放射科的值班医生直到半夜还在伏案工作。

"放射科值班医生吗?这里是呼吸科,有个病人可疑肺栓塞,我们需要做个CTPA!"

对方停顿了两秒钟,天哪,这两秒钟的时间怎么如此漫长,我真担心电话那头是不是睡着了。

"……呃,你找你们总值班看过了吗?一定要现在做吗?"

"我就是内科总值班。"

"哦,好吧。"

那一句软绵绵的"好吧"听起来特别没有说服力,让人感觉他现在困极了,我真担心他是不是要伏在放射科的工作台上陷入睡眠,几个小时后再醒过来,然后迷迷糊糊地怀疑之前的对话是不是梦中出现的场景。5分钟后,我毫不犹豫地再次拨响对方的电话:"请问,我们大约要等多久?"

"我已经通知了技师和护士,就快要准备好了,10分钟后把病人送到CT室吧。"对方的语言流利了不少,看来他已经彻底从困顿中清醒过来了。

在这10分钟里,我向张倩雪交代了CTPA检查的必要性和外出检查的风险,检查了"皮球①"、氧气瓶、监护仪和静脉通路。然后打电话给张女士的丈夫,描述了当前的

---

① 简易呼吸器的通俗叫法,必备的抢救器具之一。

病情和我们的处理。这一切,对张女士来说是场折磨,对她的丈夫而言更是一场噩梦:下午才把"健健康康"的妻子送进医院,然后大晚上的在睡梦中被医院的电话莫名其妙地吵醒,紧接着劈头盖脸地被告知妻子的病情很重!我作为内科总住院医生的身份在他听起来,一定也不如"你好,我是××教授"来得让人放心……

从呼吸科病房推着病床上电梯,下到一层,拐个弯,穿过"新加坡"的长廊,到了新住院楼,再转上两个弯,径直走个50米,就到了放射科。全程大约300多米,除了看路,我的眼睛几乎没有离开张女士的监护仪。当你在转运一位重病人时,哪怕只是乘电梯下个楼,甚至只是穿过短短的"新加坡",也足以让人心惊胆战。你能够信赖的就是那几根电线——它们把病人的生命体征映射在监护仪的屏幕上。我曾经在转运时莫名其妙地担心要是监护仪没电了或者电线短路了该怎么办,这感觉和在病房里相比,简直是天壤之别:抢救设备一应俱全,再配上几个护士和医生,你干起事情来可以从容不迫,得心应手。现在倒好,能帮上你的工具就只剩那个"皮球"了,要真出了什么状况,最好的办法就是把"皮球"接好面罩朝病人脸上一扣,捏着"皮球"冲向距离最近的病房了。

"心率115次/分,血压105/65毫米汞柱,血氧98%。"送抵CT室时,我和一同转运的护士都松了一口气。

完成CTPA检查后,又是一次把心提到嗓子眼的300多米的回程。回到病房后没多久,放射科医生打来电话:"嗨,我们还没完成肺血管重建,不过从增强CT的结果上看,你是对的,张女士确实是肺栓塞,面积不算大!"

"太谢谢你了!"

值班医生小肖也松了口气:"终于明确了,我们可以使用低分子肝素了!"但很快,她的眉头又不由地皱了起来:"唉,在病人一开始出现咯血时,如果我也检查了她的下肢,我们本可以更快地作出诊断的。"

"很多时候,查体只会发现你想要发现的体征。但值得庆幸的是,我们的发现并不算晚,快给张女士用上低分子肝素吧。今晚好好盯着她的生命体征,如果不幸病情加重,出现梗阻性休克的表现,我们就做溶栓的准备吧。"在肺栓塞的治疗上,除了用低分子肝素温柔地慢慢溶化栓塞外,我们还有另一类武器比如尿激酶和rtPA(重组组织型纤溶酶原激活剂),可以迅速地把栓塞分解开来,但由于出血风险大,通常只用在大面积肺栓塞或因为肺栓塞而休克的病人身上。

"放心吧,我会照顾好她的!"

张倩雪的丈夫连夜赶到了医院,在简短的交谈中,我很肯定地告诉他下一步的诊断和治疗计划,然后再一次安慰了一番张女士。临走时,张女士的丈夫站起身和我握手致谢。

如果张倩雪没有练习瑜伽,也许就不会有今晚的惊心动魄了。如果值班医生早一点发现深静脉血栓,也许我们就用不着大半夜求人加做检查了。如果没有步步惊心地护送着张倩雪完成CTPA,她丈夫赶来医院时我们能提供的很可能还是模棱两可的解释……发生在医院里的事情有太多的如果,就看你选择哪一条路了。

离开呼吸科病房,在返回内科办公室的路上,一阵困意袭来,我伸了个懒腰,舒展筋骨,恍惚之间又想起罗伯特·弗罗斯特的 *The Road Not Taken*:

Two roads diverged in a wood, and I–
I took the one less traveled by,
And that has made all the difference.

 **临床感悟**

疾病的"诊断"和"治疗"

沈一帆　老一辈常教育我们——"病人不会按照教科书来生病"。一个人的疾病如果与教科书的描述如出一辙,那才是真正的"少见病"。相同症状发生在不同人身上,可能是截然不同的疾病;相同疾病发生在不同人身上,临床表现可能大相径庭。

我	记住一条真理：任何情况下，在诊断疾病时，考虑顺序应该是：常见病的常见表现＞常见病的少见表现＞少见病的常见表现＞少见病的少见表现。
米梦妮	临床检查是为了疾病的诊断和治疗。如果一项临床检查的结果无论是阳性或阴性，都不会改变你进一步的临床决策，那么，你完全没必要进行这项检查。
苏巧巧	即便在疾病的检查手段极大丰富且层出不穷的今天，物理诊断（体格检查）依旧没有过时。内科医生最好的检查手段就是自己的双手，仔细的体格检查有助于及时发现疾病和锁定疾病范围，避免盲目和过度的化验检查。

关不上的"盒子"

> 欢喜、期待、感激、希望、失望、绝望、破涕而笑、喜极而泣、对生的渴求、对死的畏惧、对生命的领悟……所有的一切,每天都在这里上演。

我大学就读于国众医科大学,这所学校有着霸气的名字和光荣的历史,然而所在的东北地带毕竟不是中国的心脏,这些年来,它甚至慢慢地被北京和上海等地医科大学中的后起之秀赶超。即便如此,这所学校在解剖学方面的教学和钻研仍是数一数二的。回想当初,在迈进医科大学校门的时候,我就开始憧憬自己手握手术刀的样子。或许是觉得手术的治疗方式更加直截了当,或许是电视剧里总是把外科医生描绘得很酷很帅,或许是外科医生的收入更高……或许没有或许,仅仅因为自己是个男生。然而那时,未来还太遥远,没有形状,梦想也才刚刚开始扬帆,医学生的生活还只是一本本厚厚的教科书,数不尽的文献,背不完的资料和一场接着一场的考试。常常在晚自习结束的星夜,我独自一人走在返回寝室的路上,脑海里不经意地冒出"路漫漫其修远兮,吾将上下而求索"的诗句。

在这求索的路上，我朝着外科医生的方向努力着。解剖课上，我听得如痴如醉，课后继续揣摩着每一个骨、关节、肌肉、血管和各个脏器的结构；厚厚的一摞解剖书，我一遍又一遍地翻读，恨不得把书本里的每一个字眼都刻入脑中。功夫不负有心人，我的解剖成绩考了全年级最高的98分。见习阶段，在练习手术打结、缝合时，我不厌其烦地一直练到了系鞋带时条件反射地以迅雷不及掩耳之势打了一串扎扎实实的手术结。再后来，拿实验犬练习胃大部切除术时，我梦寐以求地站在"主刀"的位置上，握起心爱的手术刀，我油然而生一种挥舞宝刀驰骋沙场的感觉。当我所在的小组以最快的速度完成了这台手术，我横刀立马，得意地望着还在忙碌中的其他小组：热火朝天的动物手术室在我眼中幻化为一望无际的非洲大草原，我想，此时如果吹来一阵风的话，我会是一只迎风舒展鬃毛的狮子，正酝酿着发自心底的巨吼。

实习开始时，我更是一门心思地钟情于外科，或者说总是把自己装得像个外科医生。但遗憾的是，我实习的起始站不在外科的任何一个病房，而是在消化内科。

和外科手术驰骋沙场的感觉截然不同，消化内科战线冗长，食管而下，直至肛门的消化道，外加肝、胆、胰、脾这几个关系密切的脏器，都是你的势力范围，要摸透一种疾病的秉性由不得你不慢下性子。战线长也就罢了，问题就在你还不能把肚子剖开，亲自到"战场"上去厮杀，而是要学会一些奇怪的招式,歼敌于无形:你要善于发现病史中的蛛丝马迹,你要在查体时注意视触叩听,你还要懂得分析每一项检查结果,而你手头的"武器"只是一根消化内镜——大多数情况下,你拿着它去侦查一下"战场"还是凑合的……如果把疾病比作这漫长战线上的一枚地雷,消化内科医生就是拿着探测器小心翼翼、步步为营的工兵。

我跟着当时的一个住院医生分管几个腹痛原因待查的病人。每天的生活从上午七点的量血压、询问饮食、观察大便开始,到晚上七点的量血压、询问饮食、观察大便结束,中间夹杂着主治医生查房和专业组查房,然后剩下的还就是查体、询问饮食和观察大便,我倒是挺希望带病人外出检查或者查找回报的化验结果——那是我的"透气"时间。五天过去了,胃镜、肠镜、腹部CT都做了,我们还是找不到腹痛的原因。

"要我说,直接做个剖腹探查就一目了然了。"第六天查房时,我终于忍不住脱口而出。

"但有时候你还是会一无所获。"主治医生叫费琪雯,人如其名,一个温柔的女性,披肩发,普通话中夹杂着一些江南口音。

"内科医生和外科医生看病就是不一样。就好比要判断一个黑盒子里装着什么东西,内科医生只懂得上前敲敲碰碰,最多再用手电筒照照,然后剩下的就是我猜,我猜,我猜猜猜;外科医生才不管这些,上前直接把盒子劈开,里面的东西该是什么就是什么,这叫做干脆利落。"我的口气中带着几分不屑。

"话虽如此,可是别忘了还要把盒子恢复成原来的样子哦。"费琪雯医生抬头看着我笑了,眼睛眯成好看的一条线。

"这有何难?有本事把盒子劈开,自然也有本事让它恢复。缝合、打结而已嘛,那可是外科的基本功——"我比画着打结的动作,正准备再说些什么,费琪雯医生的会诊呼机响了。

费医生回完电话,微笑地对我说:"来自手术室的急会诊,看来我们的外科朋友在手术中遇到点问题,痴迷外科的小朋友要不要和我一起去看一看呢?"

"当然。"手术室里有我喜欢的空气,我自然是不会放过这样的机会的,尽管我对自己已经实习了还被唤作小朋友略有些心存不满。

一路小跑跟着费琪雯医生到了手术室,我发现这位个子小巧的江南女子走起路来步子还真不小。

换拖鞋,穿刷手服,洗手,戴上一次性口罩和帽子……我兴奋地完成这一系列动作,望着穿衣镜,我很满意自己现在的样子。

走出更衣室,穿过一扇自动门,来到一条长廊,长廊的两侧排列着一间间的手术间。要我说,手术室一定是人世间最为丰富的情感汇聚地,这里隔着时空,网织着医生、护士、手术台上的病人,以及等待区家属和朋友最真实浓烈的感受:欢喜、期待、感激、希望、失望、绝望、破涕而笑、喜极而泣、对生的渴求、对死的畏惧、对生命的领悟……所有的一切,每天都在这里上演。

费琪雯医生候在自动门的另一头,刷手服穿出一身的干练,"8号手术间,快点",她边说边走,我紧随其后,一路小跑。

8号手术间的门开启,无影灯下汇聚着一道道焦急的目光,这里集合着一支优秀的手术团队,担任主刀的是基本外科年轻有为的张韦教授,在我的印象中,他沉稳、睿智,是手术战场上的常胜将军,早在34岁时就完成了难度极高的Whipple术①,其复杂程度可谓腹部外科手术中的桂冠,手术内容包括整块切除胰头、远端胃、十二指肠、胆囊、远端胆总管、近端空肠和局灶淋巴结,之后进行胰空肠吻合、空肠胆总管吻合和胃空肠吻合,这样的过程往往需要耗上10个小时甚至更久。成功完成这样的手术,也就成就了一个外科医生从手术医生到医学大师的蜕变。

然而此时,这位大师一向笃定的目光中闪烁着一缕焦急,看到费琪雯医生的出现,他眼中的焦急开始蒸发,沉稳重新夺回了它的阵地:"45岁男性,急诊收入院,2天前酗酒后腹痛,随后出现发热和黄疸,化验发现白细胞、胆

---

① 又称胰十二指肠切除术(pancreaticoduodenectomy),是用于治疗胰头癌的一种大手术。

红素和淀粉酶一路飙升,B超和CT发现胆总管结石和胰腺肿胀、坏死。诊断急性梗阻性化脓性胆管炎合并急性重症胰腺炎。手术很简单:切开胆总管,取出结石,放置T型引流管。本来挺干脆的手术,做到后来,我们发觉病人的呼吸越来越困难,勉强放完T管完成了手术,但现在看来根本没法脱离呼吸机回恢复室。"

"是的,呼吸条件越来越高,不适合麻醉唤醒。"麻醉医生摆弄了几下呼吸机的旋钮,又埋头检查一番气管插管,大家都看着他,一时间手术室里沉静得仿佛能听到思考的声音,但旋即就被呼吸机报警的声响打断,"唉,又是气道压力高!"

我随费琪雯医生来到手术台前,围在手术台边上的外科医生们很主动地让出一条道,这"狐假虎威"的感觉让我脸上一潮,但随即被眼前这位病人给我带来的冲击感所冲淡:

这是一个中年发福的男性,手术刚完成,身上的铺巾已经褪去,露着圆鼓鼓的肚腩,肚脐周围一片青紫,这是急性出血坏死性胰腺炎有名的Cullen征①,它的出现意味着腹膜后出血沿着组织间隙渗到了腹壁皮下。右上腹部有一处新缝合的手术刀口,紧绷着的线头簇拥着一根引流管,随着腹部的起伏波动,一团团黏糊糊的黄绿色液体从管口

---

① 脐周围皮肤青紫。

涌出。病人口中伸出来的气管插管连接着呼吸机,呼吸机卖力地工作着,间或"嘀—"地发出一声警报,不耐烦地提示业已升高的气道压力。床沿下垂着一个尿袋,里面盛着一点点黄得发亮的尿液,这是尿中胆红素增高的结果:胆总管结石堵住了胆汁流往肠道的去路,里面的胆红素被逼得只能到尿道另谋出路。

"好厉害的胰腺炎!"我不禁惊愕。

"是的,这一切悲剧源于胆总管的这些结石。"费医生指了指手术台边上托盘里的几枚取出来的结石,"正常的胆汁流动能够阻碍来自肠道的细菌附着在胆道,这些结石造成胆管梗阻后,细菌开始在胆囊聚集和繁殖,造成胆管压力进一步升高,耐不住寂寞的细菌和它们产生的毒素冲破肝脏胆血屏障,进入血液循环,造成败血症,病人表现出腹痛、发热寒战、黄疸的查科(Charcot)三联征,如果严重感染导致休克和中枢神经系统抑制,则构成Reynold五联征。至于胰腺炎,和这些结石也脱不了干系,兵分两路的胰管和胆管在进入肠道前汇聚于十二指肠乳头,胆总管阻塞后,胆管里蜂拥而至的胆汁就会逆流到胰管诱发胰腺炎。"

"真够倒霉的,两种重病,哪个都惹不起,还不幸同时摊上了。"围在一旁的器械护士[①]说道。

"同时惹上两种病是有理由的,本来胆道的基础路况就

---

① 负责手术器械在术前的准备、术中的配合和术后的整理工作的护士。

不好，这一大量喝酒，十二指肠乳头水肿、痉挛，路况更加岌岌可危，再加上酒精刺激胰腺分泌造成'交通高峰'，在这种情况不发生交通事故才怪呢！"

"压倒骆驼的最后一根稻草。"张韦教授若有所思，"费医生，还是快点帮我们解决一下呼吸困难的事吧，你觉得是胰腺炎导致的吗？"

"ARDS，急性呼吸窘迫综合征吧？"我这个小跟班冷不丁冒出一句，费医生则拿过麻醉机边上的听诊器，贴在病人胸壁上，听诊数秒后，移动方寸，仔细探查着每一块肺野。

胰腺炎是个狠角色，"炎"字两团火，城门失火，殃及池鱼，胰腺害了火，这团熊熊烈火会释放出大量炎症细胞和炎症因子进入循环系统，带着全身各个脏器一起焚烧。肺脏是接受心脏全部排出血量的唯一器官，受循环中的炎症细胞和因子的影响最大，所以首当其冲地成为重灾区，也就产生了呼吸窘迫综合征。我在脑海里回顾了一下课本上胰腺炎的章节，对自己刚才的推理很是满意。

听诊完毕，费医生将听诊器捏在手指间盘旋着，若有所思："让我看看血气分析的结果吧。"

麻醉医生将化验单递了过去，费医生接过化验单，又抬头指了指呼吸机的参数："是在这个呼吸条件下查的血气吗？"

"是的。"

费医生埋头盯着化验单，嘴角边的口罩轻微起伏着，感觉她正对照数据进行着口算，大约过了十多秒，她抬起头来，眉毛一扬："不是ARDS！"

"啊？不是？"几个声音同时响起，看来惊讶的不只我一个人。

"ARDS的病理状态下，炎症浸润下的肺脏会有渗出表现，肺泡表面盖着一层液体，气体难以弥散通过肺泡膜，氧合能力下降，血气分析可以看出肺泡气-动脉血氧分压差（$P_{(A-a)}O_2$）的明显升高，而通过计算，病人的这项指标是正常的。并且，如果是ARDS，由于肺泡表面的液体，用听诊器听起来会有小水泡音，但这个病人的肺野听起来很干净。麻醉医生，病人在手术过程中的气道分泌物也不多吧？"

"是的，的确如此。"

"这说明肺脏的液体渗出不明显。"

"那这究竟是怎么回事呢？"张韦教授皱起眉头，"手术开始的时候，呼吸困难还没这么明显。"

"手术时间有多久？"

"从开始麻醉算起也就一个小时吧。"

"咦？"我盯着床沿下垂的尿袋，感到有点奇怪，蹲下去仔细看了看，"尿管是麻醉准备时放置的吗？尿量才这么一点儿？"

放置尿管是常规的术前准备，可以让肾脏产生的尿液直接引到尿袋中。正常人每天尿量少说也有1000毫升以上，也就是每小时40毫升以上，而现在尿袋里那一点点尿液很可能说明肾脏出了问题。当然，重症急性胰腺炎合并肾脏功能衰竭也是很常见的，也就是说胰腺炎这团火烧到肾脏了。

"准确地说，尿管是今天早晨在外科病房插的，距离现在有2小时了！的确奇怪，该不会是肾衰了吧？"手术护士说道。

"程君浩，好眼力！你提醒了我。"费琪雯医生赞赏地拍了一下我的肩膀，转头对麻醉医生说，"术中输液多少？有无发生过低血压？"

"860毫升，血压还可以吧，手术前100/50毫米汞柱，手术中还更高些，都在130/80毫米汞柱以上，手术结束缝完刀口血压又回到了100/50毫米汞柱左右。"麻醉医生核对了一下麻醉记录单。

"手术缝合困难吗？"费医生又看着张韦教授。

"嗯，缝合时张力的确是有点大……"张教授有些疑惑，"不过这有什么关系吗？"

"这是ACS！"

"Acute Coronary Syndrome？急性冠脉综合征？不会吧，全程监护下心脏是正常的。"麻醉医生瞪大了眼睛。

"是另一个ACS：Abdominal Compartment Syndrome，腹腔间隔综合征。腹腔里的正常压力和大气压相近，压力差为0厘米水柱，但腹腔容积有限，任何引起腹腔内容物体积增加的情况都会增加腹腔内压力，比如严重肠胀气，腹腔大出血，再比如这种重症胆管炎加重症胰腺炎的情况。腹腔压力大了，有劲没处使，于是乎，压力向上顶着横膈，与横膈上方的肺较劲，产生呼吸困难；跟心脏较劲，减少心脏射出的血量，影响血压。手术时肚皮上拉了个口，腹腔压力有了出气口，也让心脏和肺有了'喘息'的机会，所以手术期间血压相对正常，呼吸也不那么困难，但这暂时的放松随着手术缝合的结束而终结。肾脏也是如此，受到腹腔压力的压迫，再加上心脏射血减少，进一步削减肾脏的血流供应，尿量自然也不会多。"费医生一边说一边触诊病人圆鼓鼓的肚子，"瞧这肚子，绷得紧紧的。"

"看来我们要在腹部再切个口，让腹部压力释放出来是吧？"费琪雯医生分析得句句在理，我看她的眼神不由自主地带着一点崇拜。

"你说得对，不过在此之前我们还要测定一下腹腔压力来验证我们的推想。小程医生，你能想到什么办法吗？"费医生微笑地眯着眼睛看着我，我想那口罩后面的嘴角一定笑得很漂亮。

"这根尿管可以派上用场吧？把它举高测定膀胱内的压力，它可以间接反映腹腔内的压力。"刚才听费医生说话的间隙，我一直盯着尿管看，这会儿一听到腹腔测压的问题，我灵机一动。

"你的这个小跟班不错呀，这是腹内压间接测定的金标准。"张韦教授脸上一直严肃的表情终于透出了几分轻松,毕竟找出症结所在是让人快乐的。几个外科医生马上开始做腹压测定的准备。

病人仰卧位,压力测试管和尿管相连通,膀胱排空后重新注入50毫升生理盐水,压力测试管和水压计相接,以耻骨联合顶点为零点,在呼气末,一个手术医生读取水压计的示数。

"32厘米水柱!明显升高!"

"准备腹部切开,开放腹腔,同时准备两个3升泌尿冲洗袋。"张韦教授缓和的语气中充满了力量,他就像一位老船长,无须呐喊,光是往船头一站,就能把船员们的心聚到一起。这回腹部切开后,一段时间内需要保持开放,为了避免肠瘘、腹内脏器膨出和腹腔感染,外科医生常常会用替代材料(如3升泌尿冲洗袋)缝合于腹腔切口两侧。

"你瞧,像这样的'盒子'可就不好轻易关上了哦。"费医生想起之前我们在消化病房的对话,在我耳边轻声说道。

我微微一笑,若有所思……回到病房后,费医生不失时机地对我讲授一番急性胰腺炎的内科治疗,自实习以来,我第一次在内科病房里听得这么认真,也第一次被"ERCP、EST、ENBD[①]"等一系列新技术震撼了:原来,

---

① ERCP:经内镜逆行性胰胆管造影术;EST:十二指肠乳头括约肌切开术;ENBD:鼻胆管引流。三者均是胰胆疾病的内科治疗手段,创伤小,操作时间短,并发症较少。

内科能干的事情比我想象的要多得多!

我心里记挂着那个病人,几天后又到外科病房去打探他的消息:腹部减压后,他的呼吸困难好转,3天后成功脱离呼吸机,尿量也逐步恢复。经过后续的抗炎治疗,他的胆管炎和胰腺炎也在好转。醒来的那一天,第一眼看到自己敞开的腹部时,他先是大吃一惊,而后震撼不已,接着对自己当日的酗酒感到懊悔,还发誓要好好戒酒,我不知道这样的发誓到头来是否如愿,但我从外科病房得到一个确定的信息:病人的ACS好转了,外科医生准备再动一次手术,把上回没能关上的"盒子"关上。

我心里也不再小看内科,我开始发觉它的博大精深,我开始觉得内科的查房很有味道,我开始觉得内科医生个个都是福尔摩斯:

"一个逻辑学家不需亲眼见到或者听说过大西洋或尼亚加拉大瀑布,他能从一滴水上推测出它有可能存在,所以整个生活就是一条巨大的链条,只要见到其中的一环,整个链条的情况就可推想出来了。"

在接下来的某个星期二中午,查完房,11点半,费琪雯医生神秘地告诉我去一趟"叶老"的办公室。

叶老名叫叶筱郡,是消化内科主任,治学严谨,学识渊博,对住院医生要求极为严格,提到她的名字,大家都敬畏参半,久而久之,大家喊她名字时都简化成"叶老",她欣然接受这个称呼,据说她给人写邮件时的落款就赫然写着"叶老"二字。这么一个人物,来找我一个小实习医生有什么事?

谈不上诚惶诚恐,但至少毕恭毕敬地,我敲开叶老办公室的门:不大的办公室,三面墙立着书柜,整整齐齐地罗列着大部头的医学书籍和各色医学期刊。临窗摆放着书桌,桌上的电脑正显示着NEJM[①]的首页,书桌两侧的地面落满了文稿。看到我进来了,叶老示意我坐在一旁的沙发上。

沙发是布艺的,弹簧很软,坐下去时感觉身体被裹得很紧。

"听说你跟着费医生会诊时,发现病人尿量少,帮助费医生推导出了ACS?你还想到了利用尿管测定腹内压?"

"是吧……"

"你以前看过测定腹腔内压的方法吗?"

"没有……"

"有没想过将来干消化内科?我们需要有观察力和想象力的人。"

"我想想……"我没敢直接看着叶老的眼神,不知道她此时的表情是严肃还是和蔼。

"不要想太久。我们医院的消化内科全国都有名,每年蹭破头皮想挤进我们消化内科的可大有人在。"

"嗯……"

[①] 新英格兰医学杂志,著名的医学类学术杂志,和此前提到的 *The Lancet* 齐名。

"还得看你今后实习的表现,我们这次的谈话可不能保证将来面试时我就一定会挑你。"

"好的,我会好好实习。"

后面叶老又说了一些话,我有些迷迷糊糊,不记得都说了些什么,只知道自己在不停地点头。

离开叶老的办公室,我还是陷在迷糊中,刚才的一切显得有些不真实。一个教学严谨的教授,一个顶级的知名学者,邀请我今后在她的科室工作?而这一切仅仅是因为我多看了几眼那个尿袋?

再或许,内科在冥冥之中跟我有个约会?

……

又过了一年多,实习的后半程,我交换到日本的医学院实习,那里的一位教授向我提供一个基础研究的名额;实习结束回国后,恰又赶上北京熙和医院招聘住院医生的诱惑,我怀着试试看的心情去面试,结果居然是成功了。我多少带着点愧疚再次来到叶老的办公室,告诉她我面临的选择困境,她开朗一笑,很肯定地建议我去熙和。

"那里有中国顶级的内科,有一流的舞台,也有更激烈的竞争。"这是她和我交谈的最后一句话。

多年之后的现在,我成了北京熙和医院的内科总住院医生。

"人生就像一盒巧克力,你永远不知道下一块你会选到哪一颗。"

说这句话的阿甘，据说智商只有75，却是一个不折不扣的天才。

临床感悟

说说"内科"和"外科"

苏巧巧　内科和外科是医学的重要组成部分。传统上，把一些常见的可以通过手术治疗的疾病划入外科疾病；把应用药物手段治疗的疾病列为内科疾病。然而，随着医学的发展，原先认为应当手术治疗的疾病，现在可以改用非手术方法治疗，原本不能施行手术的疾病，现在已经有了有效的手术疗法。

米梦妮　内科能"文"，外科能"武"。然而在医学技术日新月异、医学研究不断深入的当今，内外科之间的界限已经开始模糊，内科医生不再只是"能说会道"，他们同样可以在手术台上大放异彩；外科医生也不再只是"一把刀"，他们同样勤于思考疾病的发生发展。无论是内科医生，还是外科医生，他们都朝着"能文能武"的方向走着。

我　　　医学的分科趋势应该是一个从粗犷到精细，从精细到融合的过程。在这个过程中，内科和外科医生之间有过争议，有过摩擦，也有过思考，有过合作。正是在这个过程中，医学更加显现出它本来的样子：为人类的健康谋福利。

沈一帆　不管是内科医生还是外科医生，他们共同的敌人是疾病。有时候，内科医生或外科医生单枪匹马上阵，恐怕是会吃点苦头甚至败下阵来，但如果他们携手作战，就容易取得赫赫战功。因此，不同科室间的精诚合作很重要。

夺取死神手中的镰刀

> 这是一场战役,一场从死神手中夺取镰刀的战役,没有预演,没有安排,大家心照不宣地站在属于自己的阵地上,身上每个细胞都透着紧张,但手脚没有丝毫慌乱。

对急诊室而言,内科总住院医生是一个特殊的存在。每天早上,我们都会到急诊室走一走,查看急诊新收病人的资料。遇到疑难的、诊断不清的、病情复杂又和专科对口的病例,就会向病房主治医生汇报,如果主治医生首肯,我们就返回急诊,大笔一挥,开个住院单,将病人收治专科。每当这时候,我们就会成为急诊室最可爱、最受欢迎的人,急诊室的医生会个个竖着脑袋问:"是要收我的病人住院吗?"

我和苏巧巧一般就很直白地回答是与不是,米梦妮遇到"不是"的时候,往往会面露遗憾的神情说:"今天病房实在腾不出床位,我们明天一定想想办法的。"沈一帆一贯的作风则是上前拍一拍那个急诊医生的肩膀,抬一抬眼镜说:"哥们,你治得挺好的,病人和家属都很满意,即便你的病人不能收入院,我相信你也完全可以妙手回春的。"然后留下哭笑不得的急诊医生杵在那里。

"不行啊,你们再看看有哪个病人可以收进去的吧,你看看我们,都已经加六张床了,压力太大了!"急诊主治医生王波喊住我们,一张微胖的脸上挂着几分倦怠和愁容,他和我们说话时,结尾常常捎上一句"压力太大",我们背地里都管他叫亚历山大(压力山大)大叔,他头顶上近些年来不断后撤的发际线也很形象地诠释了这一外号。

"你们看看,1床,慢阻肺急性加重的,吹着BiPAP[①],不专科治疗就怕要在我们这插管上呼吸机了,是你们呼吸科的病吧?再瞧瞧3床,狼疮脑病的,我们在急诊进行了激素冲击,兄弟,在急诊激素冲击啊,急诊的环境你们又不是不知道,尽管我们已经特意为她安排了一个隔离间了,但万一合并感染了怎么办,还不把她收到免疫科病房去?6床,肾病综合征的,腿肿得都冒出水了,我们是想给他加激素啊,可旁边的7床可能是个肠结核,你们的肾内科和消化科还不出手相助吗?……"亚历山大大叔就这么一股脑儿地从1床念叨到加6床,最后感叹一声,"唉,急诊现在就像得了肠梗阻的病人,后面的环节无法疏通,每天还在源源不断地进食,肚子能不胀坏吗!压力太大了!"

---

① 无创通气的一种模式。通过鼻面罩采用双水平气道正压来提供压力支持通气的装置,允许自主呼吸在两个压力水平上发生,提高了人机配合程度,在一定程度上避免了人机对抗。

"肠梗阻缓解腹胀有两种方式：通便和呕吐。后面的疏通环节的压力也很大，像你水平这么高，直接把病人在急诊治好了出院不就天下太平了？"沈一帆淡淡一笑，冷不丁冒出一句。

"你——"亚历山大大叔噎了半天，"唉，压力太大了！"

"放心，玩笑话，我们当然不会眼睁睁看着急诊的战友受苦。只是内科病房的压力也很大啊，除了要收治急诊病人，门诊等着住院的病人还排着一大溜呢。当然，遇到让你们为难的病人我们还是会积极收到专科病房的。"米梦妮赶忙打圆场，我和苏巧巧在一旁微笑着看着亚历山大大叔的脸色"多云转晴"。

北京熙和医院的名气很大，收治来自全国各地的疑难重症病人，近些年来，随着陆路和空中交通网的便捷，更是形成了"全国人民奔熙和"的现象，医院里的住院病人70%来自北京地区之外，其中不少已经在当地的大医院诊治过了，来熙和医院就是为了拿到疾病的"最终判决书"。

其实这里面有很多是没有必要的，有些小病在社区医院就能搞定，有些大病嘛，其实当地大医院制定的诊治方案已经很完善了。

记得几年前，我在急诊轮转。正值国庆，普天同庆的日子免不了旅游观光、酒足饭饱外加饭后一支烟，于是乎，来急诊看病的胰腺炎、心梗病人剧增，在长长的候诊队伍中，我发现一个男子形容安逸地等待着，还不时掏出手机拍几张急诊的设施环境，等轮到他进入诊室看病时，他安安静静地坐下，脸上丝毫看不出作为病人的痛苦、忍耐或者焦急。

"先生，您哪里不舒服？"

"嗯，还好，就是听说你们医院很有名，于是我看完天安门，游完故宫，顺路就来你们这看看。医生，我一个月前得过感冒，你能帮我听听肺彻底好了吗？"

大哥，不带这么玩儿的，这里可是急诊呀！

在内科总住院医生心中，对急诊存有特殊的感情。每个总住院医生在上任前都经过急诊的历练，学着用最短的时间快速反应，学会团队合作，学到把气管插管和深静脉置管技术练得纯熟，学着用肯定、扼要、有层次的语言向病人家属交代病情。将生铁炼成钢，急诊是个极好的熔炉。

当上总住院医生后，来自急诊的烦心事也不期而遇。值班时，你刚组织完一场抢救，急诊打电话让你去看一个新来的心梗病人；你正兴趣盎然地给实习医生进行着小讲课，急诊呼你去给一个肠梗阻病人做术前评估；夜深人静，你好容易处理完内科各个病房的棘手事，准备喝杯水或小憩一会儿，急诊告诉你来了一个不小心吞了牙签或戒指或玻璃珠的人，等着你去联系胃镜。

对总住院医生而言：病房安好，不是真的安好；急诊消停，才是真的消停。

又是一个值夜班的深夜，夜很黑，风不急，黑色的夜幕能够遮挡许多日光下的丑陋，但北京空气中永远夹杂着的那股黄沙味道却是一个时代的烙印。久居北京之后，我对北京的空气已经习惯，以为空气本该如此，直到担任总住院医生前的一个假期，我去了趟桂林，在刚下飞机的一刹那，一股清新的空气扑鼻而来，我这才意识到没有吸烟习惯的我近些年来其实一直在吸烟。

两年前去美国旧金山做访问学者，听美国教授在课堂上唾沫横飞地讲解肺癌时说："吸烟是肺癌的重要危险因素……当然，在空气污染严重的城市，如工业时期的伦敦，当代中国的一些大城市，肺癌的发病率也是呈上升趋势的。"

当时直觉得脸上无光：自己的国家居然以这种形式出现在外国人的口水里。

今晚的运气还是不错的，晚上10点不到，我就已经处理完内科病房的各种"家务事"，返回内科办公室，将被褥往会议桌上一摊，要没什么事的话就打算舒舒服服地躺上一会儿。

也许当初的设计者觉得反正内科总值班也没什么时间睡觉，内科办公室里连一张小小的折叠床都没有安置。眼前的这张会议桌可谓劳苦功高：早晨，我们围坐在这里进行交班和主任查房，它是办公桌；中午，我们铺几张报纸在这里吃饭，它是餐桌；晚上，如果得一空闲，被褥一摊，它就是一席床铺。

没等我爬上这张"床",一阵清脆的手机声在空气中弥漫,我一看号码:急诊抢救室!

"内科总值班吗?抢救室来了一个36岁男性,急性心梗!"

"确定吗?"

"是的,心电图上'红旗飘飘'了。"

"马上到。"

我转身出了门。急性心梗时,心电图导联的ST段上扬,和它后面的T波相连,俨然一面飘扬的小旗,我们称它为"红旗飘飘",这是每个医生从医学生时代就会牢记于心的图案。其实,一直以来,我觉得它更像西方神话里死神手中的镰刀,现在我们要做的就是从死神手中夺下这把夺命的镰刀。

一路小跑到了急诊室。

"心梗的病人在几床?"

"我们有好几个心梗的病人,需要请你会诊的那个在加9床和加10床之间的那张平车上,那里根本没有床位编号,你看看我们,压力多大呀?"大晚上的,亚历山大大叔居然还没下班,他刚做完一个深静脉穿刺,摘下口罩和帽子,微秃的头顶正冒着汗,在日光灯的照射下有些晃眼,"一起去看看病人吧。"

几步跨到了那个心梗病人跟前,虽然没有床位编号,急诊室的护士已经在床沿打印出病人的名字"马款明",病人的腕部同样缠着一条身份识别条码和姓名标识。此时，他正啃着肯德基的薯条，他的身旁站着一名打扮入时的女子，30多岁的年龄，正帮他拿着一杯可乐，看上去应该是病人的妻子。

"不是告诉你们先别吃东西吗？待会儿可能要介入放支架的！"亚历山大大叔一看到这场景立马板起脸来。

"可是我已经饿了呀。"马款明张嘴咬了一大口鸡腿，用行动态度鲜明地回应了亚历山大大叔。

"唉，算了，我晚饭到现在都没吃，实在没力气搭理这茬了。"亚历山大大叔无奈地摇了摇头，又指了指我，"这是我们医院的内科总住院医生，他来会诊，安排你的下一步治疗。"

"要不我分你一块鸡腿？"马款明眨了一下右眼，对亚历山大大叔笑了笑，又转头对我说，"这位医生不会也没吃饭吧？你大方拿一块，我请客。"

"谢谢您，马先生，在这之前我还是问问你的情况吧。你现在有什么不舒服吗？"眼前这位"心梗病人"的状态也太好了吧，我心里暗自掂量。

"半小时前有点胸闷的感觉，吸上氧气现在已经好一大半了。医生，你看我没必要再输这些液体了吧？"马先生指了指连在左手臂上的注射泵，上面贴着硝酸甘油的标签。

"我老公家没人有心脏病，他平时也不吸烟，还很喜欢锻炼身体，怎么会犯心梗呢？"旁边的马太太口气中带着一丝轻蔑。不错呀,居然一口气说出了冠心病的两个危险因素——家族史和吸烟,看来还真有点养生常识。提到喜欢锻炼身体时,半躺在病床上的马先生不失时机地弯曲一下没在输液的右手臂,秀了秀鼓起来的肱二头肌。

"我看一眼心电图。"我也有些迟疑了:这亚历山大大叔的脑子是不是不堪重压出了什么问题呀?我迅速打开马先生的病历,核实了一下心电图:死神的镰刀在Ⅱ、Ⅲ、avF导联高高地举起——没错,急性下壁心梗!

"马先生,看来你确实是心梗了,这个药我们还得继续。"我指着正在泵入马先生身体的硝酸甘油,"它能帮助心脏血管扩张,缓解心脏缺血引起的不适,像胸痛、胸闷、气短。除此之外,你还要吃上阿司匹林和波立维(氯吡格雷),它们是抗血小板药,能防止冠状血管长血栓。还有,我们要联系心内科的医生来做冠脉造影。"

"医生,这也太小题大作了吧?我现在可比之前好多了,有必要做冠脉造影吗?"

"复查一下心电图看看。"一边说着,亚历山大大叔把心电图的导联往马先生身上放,"如果你在最难受的时候是十分,你现在难受的感觉是几分呢?"

"三四分吧。"

心电图出来了,死神的镰刀还在Ⅱ、Ⅲ、avF导联上高举着!

"还是要联系冠脉造影!"我看着马先生和马太太,肯定地说。

"用冠脉造影来发现心脏血管狭窄或长血栓的地方,然后在那里放上支架,对吧?"马太太的嘴角一撇。

"是的,你挺清楚的嘛。"医学是一门过于专业的科学,医生和病人之间存在明显的信息不对称,很多情况下,双方交谈时,医生解释得费劲,病人和家属听得费解。因此,尽管不明说,医生总是喜欢那些一点就通的聪明家属。

"熙和医院的心内科是全国最好的吗?就冠造技术而言,武府医院是不是会更好?"马太太低头看了一眼我的胸牌,"我是武府医院器材处的管理人员,负责冠脉支架的采购。"

"武府医院是心血管专科医院,就每年的冠脉造影例数来说,的确超过熙和医院。"原来是医院的管理人员呀,怪不得对心脏病略知一二呢,我心里嘀咕。

"那我们现在转到武府医院去放支架岂不是更好?"

"不可以的,尽管我们医院的心内科的规模比不上武府医院,但也是一流的水准,就马先生现在的状况而言,留在我们这治疗是最合理的选择。心梗发作后,病情没稳定就转院,随时可能加重,甚至危及生命!"

"有点耸人听闻了吧?我觉得我家先生现在病情挺稳定的。"马太太看了看马先生,两人相视一笑。

"我们担心这只是表面现象。"我心里暗自叹了口气。虽然马先生的症状比之前好了一些,但毕竟还没全好,从心电图上看,他的心脏血管还是处于阻塞的状态,一个风吹草动就会让岌岌可危的冠脉雪上加霜,在转院的路途中,一个颠簸、一个激动抑或是长时间的等待,对脆弱的心脏来说都是严重的打击。且不说转院,即便现在这样在医院待着,如果不积极处理,病情也可能会加重。这就好比大海在许多时候表面上看来是风平浪静的,但是内里暗藏汹涌,而这一切只有目睹或经历过海啸的人才能真正懂得。

马太太的脸上仍然挂着一丝不屑:"我还是想转院,你直白的意思不就是担心猝死吗?我不认为这种小概率事件会找上我们的。转院是要签一份知情同意书是吧?我来签,后果我来承担。"

"心梗是要命的疾病,你们不能拿命开玩笑!让你签这份转院同意书就相当于间接害了你。"亚历山大大叔憋红了脸,喘出两口粗气。这是他一成不变的风格,遇到家属不明智的时候总是一副比谁都着急的样子。

"叮铃——"我的值班手机响起,低头一看是感染科的号码:该不会是今天新住院的那个肺部真菌感染的病人出现什么情况了吧?

"交代清楚,把人留下,我去去就回,一旦病人同意马上联系冠脉造影!"我对亚历山大大叔简单交代几句,转身出了急诊室,一边接起手机,一边朝感染科方向迈开脚步。

不幸言中。感染科那个新病人发生呼吸困难,值班医生依次更换了鼻导管、文丘里面罩①和储氧面罩，效果仍不显著，束手无策之际呼叫了我。到了病房，我也是一通忙乎，直到用上BiPAP后，病人的呼吸困难才总算缓解。值班医生松了一口气。

我也长舒了一口气，还没来得及放松，旋即想起急诊那儿的马先生，神经嗖地一下又紧绷了起来：都快半小时了，亚历山大大叔怎么还没给我个回信啊？这马先生，该不会真的转院了吧？

一溜烟跑到了急诊科，映入眼帘的是亚历山大大叔无奈的脸庞："没办法，我尝试了好半天，他们还是坚持叫了120要转院。"

"离开多久了？"

"十分钟吧。"

"唉……"

"唉！"

我和亚历山大大叔放下疲惫的身体，坐在椅子上，相视无言。无奈、气愤、担心……各种情感涌上心头，最后慢慢地稀释、变淡，又重新汇成一股祝愿：真希望马先生能够平安转院，顺利渡过这段危机。

……

"医生！救命！——"这声音有点熟，怎么像——马太

---

① 根据文丘里（Venturi）原理制成的通气面罩，能较准确地控制氧浓度。

太的!"

我和亚历山大大叔从椅子上弹了起来,冲向急诊室门口。门前,马太太和两名120的工作人员正拉着一台急救床疾奔而来,急救床上一动不动地躺着马先生,马太太的额头上冒着豆大的汗珠,见到我们,她把手背往额头上一抹汗,猛地一下弄湿了半个眼镜片。

"医生,快救救我们,我老公……他叫不醒了!"她上前拽住亚历山大大叔的袖口,好像找到了一根救命稻草,她双腿弯曲着,感觉下一秒就要跪下的样子。

"我们的车刚走没多远,病人就突发双眼凝视,意识丧失,心跳呼吸骤停,脉搏摸不到,血压测不到,我们推了一支肾上腺素,立刻把他重新推回你们这了。"一位120的工作人员憋足一口气把话说完,然后呼哧呼哧地喘着粗气。

"阿-斯综合征?!"我和亚历山大大叔对视一下,一扭头对急诊室护士台喊道,"抢救!"

随即,我和亚历山大大叔扑向马先生的急救床,开始了胸外按压。

两名护士推着抢救车冲了过来,不失时机地将电极片贴在马先生身上,绑好血压计的袖带,连接上心电监护仪一看,屏幕上显示着有如一滩死水般平静的直线。两名急诊医生也赶了过来,换下我和亚历山大大叔,继续胸外按压。我移到马先生平车的右下角,接过护士递来的深静脉置管包,戴上无菌手套,消毒右侧腹股沟的皮肤,准备放置深静脉导管。亚历山大大叔往床头站定,一手把握住简易呼吸器罩着马先生的口鼻,另一只手有节奏地捏动气囊,眼神坚定地盯着心电监护,看着正在一点点往上爬升的血氧饱和度。

"血氧95％,准备气管插管!"

"探到深静脉,准备导丝!"

"注射器!打上气囊!"

"缝针固定!"

"……"

"气管插管完成,连接呼吸机!"

"深静脉置管完毕,接上生理盐水!"

一切都有条不紊地进行着。这是一场战役,一场从死神手中夺取镰刀的战役,没有预演,没有安排,大家心照不宣地站在属于自己的阵地上,身上每个细胞都浸透着紧张,但手脚没有丝毫慌乱。

"胸外按压停一下,刚才好像看到了自主心律!"忙完气管插管后,亚历山大大叔一直盯着监护仪的屏幕。

15分钟前平静如水的心电图图案上绽放出一朵朵窦性心律的花儿——那是世界上最美的形状。所有人的目光都转向监护仪,急诊室里迎来了一天中最安静的时光。

马太太不会知道这15分钟发生的故事,她的情绪过于激动,抢救一开始,就被护士请出了急诊室,但这15分钟对她而言,定然恍如隔世。马先生病情稳定下来,我和亚亚历山大大叔再次见到马太太时,她哭成一个泪人。

她一言不发,哭得发红的眼睛一眨不眨地盯着我们,混杂着说不出的紧张和期盼。

"心跳恢复了。血压还不高,我们用了点多巴胺①升压,现在还连着呼吸机支持呼吸。"亚历山大大叔额头上冒着汗珠,但语气沉着,波澜不惊。

"他现在病情稳定了吗?我可以去看看他吗?求求你们,一定要救活他啊!"

"现在最不稳定的还是心脏,因为心梗状态还没解除,也正因为这样,才造成了刚才的猝死。所以,现在最关键的还是冠脉造影放支架!不要犹豫了!"我语气中带着一点闷闷不乐:总有这种分不清轻重缓急的家属!要不是她的犹豫不决,马先生可能压根不会发生这种事。现在倒好,虽然心脏勉勉强强地重新工作了,但谁知道在心脏罢工的那一小段时间里,脑细胞是否还坚强地活着,毕竟,那可是耐不得几分钟缺氧的脆弱细胞啊。

"好的,我同意,我同意做,一切就按你们说的做,医生,求你们救救他!"马太太抽泣开来,像个犯了错的小孩,低着头。

"我马上联系心内科!"我奔向急诊分诊台,拨通了今晚心内科值班三线的手机。我的内心其实有些忐忑:马先

---

① 血管活性药的一种,具有提升血压的作用。

生刚经历过一次鬼门关,现在这样子,呼吸机吹着,升压药泵着,生命体征尚谈不上稳定,谁知道在冠脉造影台上还会遇上什么状况,心内科医生即将接手的是一个"烫手的山芋"。

今晚的心内科三线叫郑雨,说话做事雷厉风行,就像一场雷阵雨,平时要求我们汇报病例时用不超过五句话把一件事情说清楚,电话接通后,我尝试尽可能地言简意赅。

"什么?你的意思是你在急诊发现一个急性心梗病人,居然没做什么处理,病人还在你眼皮底下溜走了?"郑雨医生听完我的话,言语中带着不满。

"嗯……我当时真应该多交代一点。"抢救结束已经一小会儿了,我这才猛然闻到自己身上的汗味。

"现在用着呼吸机?还有升压药?"

"是的。"

几秒钟的沉默。

"马上把病人送到冠造室(冠状动脉造影室)!还有你那该死的呼吸机,我的呼吸机操作估计不如你熟练了,你过来负责看着!和家属再次交代一下冠造的风险很大。天哪,我们这简直就是在玩命!5分钟,给你5分钟时间,我们冠造室见!"

我哪敢怠慢。

马太太也没有丝毫犹豫,抬笔在冠状动脉造影同意书上签了字,她刚经历亲人的生死瞬间,哭肿的眼睛里依稀露出几分坚强。她一路帮忙我们推着平车，脚步迈出了几分坚定。

5分钟后，我们到了冠状动脉造影室，这是一段路的终点，更是另一个战场的序幕。

郑医生早已换上工作服，披着铅衣①，身后跟着一名助手和两名护士。看见我们，他抬头看了看墙上的挂钟，指了指我："快点进来，你，穿上铅衣，把呼吸机交给你了！其他人都在外面等。"

马太太轻轻抚摸一下马先生的额头，朝我们鞠了个躬，跟着亚历山大大叔走了出去。

披上沉重的铅衣，我站在呼吸机跟前。在这个战场上，我的任务就是保证马先生的呼吸。马先生已经被抬上手术台，郑医生在他右手的桡动脉部位消毒、铺巾、用麻醉针在局部打出个小皮丘，这里将是郑医生冠状动脉造影的入路。

冠状动脉造影是一个并不算太新的技术，它通过桡动脉或股动脉穿刺，将一个特殊的导管送到心脏冠状动脉的开口，选择性地将造影剂注入冠状动脉，记录显影过程，让狭窄或有血栓的冠状动脉在造影剂下原形毕露，然后在相应的病变部位放置支架，使原本缺血的心肌恢复血流供应。

---

① 造影操作时穿的衣服，材质是铅，用以阻隔放射线。

郑医生不愧是久经沙场的老将，整个操作过程如行云流水。冠脉造影显示，马先生右冠状动脉的近段几乎完全堵塞，郑医生精准地在这个部位放了两枚支架，重新造影，唰——一条漂亮的右冠状动脉如孔雀开屏般展现了出来。

耗时28分钟36秒。

我第一次感到短短不到半小时的时间竟是如此的漫长，沉甸甸的铅衣穿在身上，已经浑然觉不出重量，挥不去的却是心里的沉重，郑雨医生自从说了那句"把呼吸机交给你了"之后，还真是对呼吸机的事情不闻不顾，只是醉心于自己的造影操作。这就好比在战场上，战友对你说了句"我把后背留给你了"之后，就义无反顾地冲锋陷阵去了，这是一种绝对的信任，更是一种无形的责任。不到半小时的时间里，郑医生仔细处理着冠状动脉，我耐心地照顾着呼吸机，小心翼翼地，我们共同雕琢的作品是生命。

"手术成功，冠脉再通了。"再次见到马太太时，我们第一时间把这个好消息告诉她时，面带着自信的微笑。马太太一句话也不说，只是上前一把拽住我们的手，哭红的眼睛里再次涌出了泪水。

……

夜已深沉，医院的长廊里静悄悄地空无一人，郑医生和我推着马先生的平车走向心内科监护室，马太太一声不吭地跟在我们后面推着车，饱含泪水的眼睛默默注视着平车上的爱人，在这一刻，所有的声响都是多余的。

然而对我们而言，夺取死神手中镰刀的战斗还没有彻底结束，战场上的接力棒又交给了心内监护室的医生们。

几天后的夜班，我到心内科监护室巡视病房的时候，惊喜地发现马先生早已脱离呼吸机，在病房里开始床旁活动了。他见到我，不好意思地笑了笑，向我伸出了右手。

"我醒来后，老婆告诉我那天的事情，说你辛苦了一晚上，要我好好感谢你们！我们很后悔没有第一时间听从你的建议！"他握着我的手。

我望着眼前的马先生：表情自然，肢体自如，语言流利。

谢天谢地！看来那天晚上的心搏骤停没有给他的脑子带来任何影响。

 临床感悟

阿–斯综合征（Adams-Stokes Syndrome, ASS）和心肺复苏（cardiopulmonary resuscitation, CPR）

米梦妮　ASS的根源在于短时间内心排出量的锐减，导致严重脑供血不足，发生神志丧失和晕厥。病窦综合征、房室传导阻滞等导致心室率缓慢或停顿的心律失常，室速、室颤等快速性心律失常以及左房黏液瘤等所致的排血受阻，均可引起这样的心排量锐减。对于案例中由于急性冠脉综合征（Acute Coronary Syndrome，ACS）诱发的ASS，理想的治疗目标是在急性期的时间窗内实现冠脉再通，使心肌的缺血恢复。记住：时间就是心肌，时间就是生命！

沈一帆　心肺复苏（CPR）中，胸外按压最重要，胸外按压延迟1分钟，CPR成功率下降10%。2010年心肺复苏指南已将CPR的顺序从传统意义上的A（Airway）–B（Breath）–C（Circulation）转变为C–A–B，并强调高质量的胸外按压，按压速率至少100次/分，成人按压幅度至少5厘米，多组人员配合，尽可能减少按压中断。

我　　　对大众普及CPR知识时应着重强调胸外按压。对于非专业人士而言，因心脏病导致的心搏骤停，单纯胸外按压（仅按压）与同时进行按压加人工呼吸的心肺复苏存活率相近[1]。

苏巧巧　专业医护人员在进行CPR时，拥有更多的技术手段和设备，有助于改善血流动力学或存活率，但在应用这些技术和设备时都有可能延迟或中断胸外按压。值得注意的是，在这些操作过程中（如建立高级气道或使用除颤仪），应尽量避免胸外按压中断的次数，中断的时间应尽可能控制在10秒内，为了避免延迟和取得最佳效率，各科室应经常组织医护人员进行模拟训练、监控和再培训。

[1] Circulation, 2007, 116(25): 2908-2912.

四处救火的"消防员"

> "大错!我之前不是告诉过你们:你们不能满足于结果正确,过程正确才是真的正确。经过错误的过程得到满意的结果,那是侥幸!"

不值班的日子,内科总住院医生的生活其实过得还不错。我们不用像住院医生那样起个大早,赶在七点半之前把自己的病人看上一圈,也不会因为收个复杂的病人熬到晚上九、十点钟还在拼命构思着拟诊讨论,因各种临床事务而耽误饭点的次数也减少了近一半。

不值班的时候,上午八点前到医院就可以了。我们的主要工作是会诊和教学,一天过得好不好,主要取决于当天会诊申请单的数量,运气好的时候,分到手头的会诊申请单不到10张,慢慢地走,悠悠地看,到下午六点怎么也能结束,不敢奢望朝九晚五的生活,至少也奔上了朝八晚六的"小康";运气不好的时候,到手的会诊申请单一下超过30张,你东奔西跑地穿梭于各个科室,大气不敢喘一口,午饭也顾不上吃,到晚上八点能下班就足够让自己激动了。

还好,每日的会诊数量符合正态分布,极多和极少的情况很少出现。于是,我们四个总住院医生,每个人都是会诊两天,值班一天,然后下夜班,生活是有张有弛的弹簧,三天的蓄势待发是为了值班时的疲于奔命。

  一个人,运气好是一件令人羡慕的事,但如果运气一直很好,就变成一件招人嫉妒惹人恨的事情了。沈一帆就是这么一个好运相随的人,会诊时,他的会诊数量总能保持在个位数,轮到他值班,有时竟然能够在办公桌上躺上几近整晚。担任总住院医生之后,沈一帆买了一双New Balance的运动鞋,值班日穿皮鞋,一下班就换上运动鞋去健身房,第二天继续神采奕奕地上班,几个月下来,竟练出了几块腹肌。我看着眼羡,过些时日,悄然塞了一双运动鞋放在衣柜里,打算值班之后去锻炼一番,然而每次值班就会精力殆尽,拖着疲惫的身体,怎么也燃不起锻炼的欲望。那双运动鞋,倒也没白带来,不久之后我就发现值班时换上运动鞋能够更轻便地穿梭在各个病房之间。

  不过,幸运女神也有打盹的时候。这天早晨交班时,我、苏巧巧和米梦妮走进办公室的时候,看见沈一帆不停地打呵欠,满脸的倦容。

  米梦妮看着沈一帆的困劲,将手中刚买的一杯咖啡递了过去。我和苏巧巧有些幸灾乐祸,带着一丝坏笑明知故问道:"昨晚忙吗?"

  沈一帆接过咖啡猛地喝了一大口,忍不住又打了一个呵欠:"等主任来了再说。"

每天,主管医疗的大内科主任都会出席总住院医生的早交班,一方面,主任可以据此了解病房的运转和院内重病人情况,内科住院医生动态,甚至于各种小道消息;另一方面,总住院医生在会诊、值班中遇到的临床问题和疑惑也可以借此机会向主任讨教。

来听我们交班的主任是兰心瑜教授,每逢兰教授来听交班,我总感到一些紧张。许多人交代下属做事时,不关心过程,只要结果是好的就万事大吉,兰教授则不同,她注重过程甚于结果,用她自己的话说就是:

"处理病情的每一步都要想好自己为什么要这样做,即便你处理不妥当,也请找好一个足够充分的理由来说服我。"

初闻此话时觉得兰教授特别和善,能够容忍下属犯下的错误。细想之下,这句话其实是个悖论:事情做得对才有理由,事情做错了怎么会有足够充分的理由呢?并且,这句话对你提出了更高的要求,它的潜台词是:你要把每件事情都做对,而且不能是蒙对的!

八点整,兰教授准时走进办公室,在会议桌前坐定。

交班开始。

沈一帆讲了他昨天晚上值班的经历。凌晨1点,他正躺在会议桌上见周公的时候,呼机响起,短短5分钟之内居然4个病房接二连三地有事找他:基本外科,一个78岁刚做完手术的老先生犯房颤①了,老先生自己没什么不舒服,生命体征也还算平稳;肿瘤科,一个64岁晚期胃癌的老太太呕血500毫升,家属在白天已经签字表示放弃有创抢救;免疫科,一个16岁狼疮脑病②的姑娘刚刚完成一轮激素冲击治疗,突然抽搐了;消化科,一个53岁肝腹水的先生可疑发生了肝性脑病③,正拉着夜班护士的手胡言乱语。

  沈一帆成了四处扑火的消防队员。他先指示免疫科的值班医生给狼疮脑病的姑娘推注安定(地西泮),告诉消化科的值班医生给肝性脑病的先生使用白醋灌肠,又吩咐肿瘤科值班医生给呕血的老太太放置胃管,防止大量出血呛入气道。交代完这些,自己冲到基本外科指导值班医生给房颤的老先生泵上胺碘酮④,老先生算是很给面子,房颤在15分钟后就转复了;沈一帆折向免疫科,欣喜地发现狼疮脑病的姑娘已经停止抽搐,为了预防抽搐再次发生,他指示给病人肌注苯巴比妥⑤;接下来沈一帆又奔赴消化科,分析出肝性脑病的诱因源于晚上家属好意给病人送来的一只烤鸡,于是他对家属做了简短的饮食宣教,所幸经过白醋灌肠,病人的意识逐步好转;沈一帆看到一切尽在掌握,终于迈向了最后的"火场"——大呕血的老太太已经放置

---

① 心律失常的一种常见类型。
② 标准术语叫神经精神性狼疮,是系统性红斑狼疮的一种急重症。
③ 通俗称为肝昏迷,是各种急慢性肝病导致的神经精神异常。
④ 抗心律失常药的一种,可用于多种心律失常。
⑤ 用于抗惊厥和癫痫持续状态,对癫痫全身性及部分性发作均有效。

了胃管，值班医生也用上了止血药和抑酸药，但病人血压有所下降，由于家属是放弃有创抢救的，沈一帆也就不再放置深静脉补液，而是在病人的双手和右侧足背开放了三条外周静脉通路补液，差强人意地维持着高不成低不就的血压。沈一帆通知病危，家属闻讯后从家赶来。

"为什么我家老太的手脚都在打吊瓶？太让人看不下去了！"来的是病人的两个儿子，见了老太太的这副样子，劈头盖脸就是一句。

"消化道大出血，除了止血之外，要维持血压，治疗的关键在快速补液，必要时甚至需要老太太的另一只脚也用来输液。"沈一帆忙了大半夜，听到家属的第一句话就没好气，换谁都有点气不顺。

"什么？要输液就没有其他办法了吗？"

"还有就是扎根深静脉输液了，但你们不是签字拒绝使用有创抢救了吗？"

"我们事先不知道外周补液会这么难看，把人的双脚都束缚住了，老太太辛苦了大半辈子，人快走了，样子还落个不好看？"

"那你们想怎么样？"

"你给她用深静脉！"

"放置深静脉操作有风险，可不是为了好看去放的！"

"不行，我们就受不了老人家这个样子！"

沈一帆也懒得再多说，不就是一根深静脉吗？三下五除二，沈一帆迅速完成了深静脉置管，撤掉了外周的三条静脉通路，改用深静脉补液。操作完成后，两个儿子拥上床前，握起老太太的一只胳膊，念叨着："这不比之前好看多了嘛。"

……

"这就是我悲惨的一夜，这还真是新鲜事，我们医生还需要满足病人家属的审美需求！"沈一帆一口气说完他的故事，叹了口气。

坐在一旁的兰教授在本子上记录着沈一帆的交班内容，并未抬头："其他三个老总觉得沈一帆的处理怎么样？"

话中有话。沈一帆自然听出了其中的门道，赶紧补充："我觉得还是需要坚持医学原则，不能随意根据家属的意见而改变，医疗决策要根据医学需要来定。"

"医学原则上说消化道出血时不应该进行深静脉补液吗？"兰教授抬起头，脸上看不出喜怒哀乐。

"需要，但不是必须，当时外周输液尚可以满足补液需求，何况病人家属签署了拒绝有创操作的，所以沈一帆最开始的处理没什么不妥，但后来仅仅因为所谓的美观需求而轻易改变原先的处理的确有些匪夷所思。我个人觉得问题的根结在于病房医生和家属谈抢救时没有交代清楚。"我赶忙打了个圆场，兰教授从来不会对我们发火，她面无表情的时候就已经不怒自威。

"好的，这是第一个问题。就算之前病房医生谈抢救时含糊不清,你们作为总住院医生,应该有能力把事情交代清楚吧?如果判断外周补液治疗的前景不明朗,需要客观地向家属说明可能更有效的治疗方案;反之,如果能够奏效,就没有必要画蛇添足。你们再想想昨晚沈一帆的处理过程还有什么问题?"

看得出沈一帆的倦意早已烟消云散,他的额头冒着细微的汗珠。

"我觉得处理这几件事情的顺序有些问题吧。"苏巧巧小心翼翼地试探。

"愿闻其详。换你会怎么做?"兰教授转头对着苏巧巧。

"在这几件事情中,我比较担心狼疮脑病抽搐的姑娘和呕血的老太太,前者处理不当可能发生舌咬伤或影响到呼吸,后者呕吐的血块如果堵住气道可能会导致窒息。所以,我会先跑到这两个科室。至于肝性脑病,给上白醋灌肠后,寻找诱因并不是那么紧急的事情。外科术后房颤的老先生,生命体征是平稳的,所以也是可以等待的。沈一帆,你为什么第一时间跑去外科病房呢?"苏巧巧说完,一只手托起下巴,斜着脑袋看着沈一帆。

沈一帆撇了撇嘴:"因为其他几件事情都发生在内科病房,我信得过值班医生的判断和处理方式。而房颤发生在外科病房,除了心脏外科,大多数外科医生对心电图的理解总赶不上内科医生吧?他们告诉我心电图结果时我可得多掂量几分?"

"即便如此，房颤的老先生没有主观不适，生命体征也平稳，不需要那么担心吧？凡是不引起血流动力学改变的心律失常大抵都是'纸老虎'。苏巧巧说的没错，你没有很好地把握轻重缓急。"兰教授一字一顿地吐出最后的四个字。

"一千个读者眼中有一千个哈姆雷特。临床工作这么复杂，每个人的处理方式也会有所不同吧。沈一帆辛苦了一夜，好歹四个急症病人最终都处理妥当了，还是有可圈可点的地方吧。"米梦妮对着兰教授和沈一帆笑了笑。

"大错！我之前不是告诉过你们：你们不能满足于结果正确，过程正确才是真的正确。经过错误的过程得到满意的结果，那是侥幸！下一次再这样做可能就没么好运了。你们想想，万一抽搐的狼疮病人发生了舌咬伤或影响到呼吸怎么办？万一呕血的病人因血块堵塞气道发生窒息怎么办？虽然呕血的病人家属已经放弃了有创抢救，但不意味着你们可以因此把她救治的优先等级排在最后，一切还得看病情的轻重缓急！"兰教授还是一字一顿地说出最后四个字，声调比刚才略高。

沉默。十几秒钟过去，办公室里的空气有些凝固，兰教授平时说话很少会提高声调。

"兰教授，您说得对，我承认自己当时对你说的这几个'万一'掉以轻心了。但世事难料，还有一个'万一'，万一外科那儿所谓的'房颤'不是房颤，而是其他严重的恶性心律失常怎么办？这样的话，我不先去那儿救场反倒会酿成大祸吧？"沈一帆抬了一下眼镜问道，坐在他对面的米梦妮冲他使了个眼色，仿佛在责备他干嘛这么沉不住气地争辩。

"沈一帆问得好，有疑惑的地方就应该大胆地问出来，即便是我，在临床处理上也会有考虑不周到的地方。"兰教授面朝着米梦妮说出这句话，看来她此前的小动作并没有躲过兰教授的眼睛，"在回答你这个问题之前，我想反问一句沈一帆，你当时在处理这几件事情的时候心里有紧张或不安吗？"

"是的。毕竟一下子发生这么多紧急状况。"沈一帆好像在回顾夜间的心情，眉头微皱。

"这种不安伴随了你多久？什么时候最严重？什么时候结束的？"

"赶往外科病房看房颤时不安情绪最严重吧，毕竟心里还想着后面的三个重病人。至于什么时候结束——我想应该是我救治完前三个病人，赶往最后一个病人——也就是到呕血老太太那儿时轻松下来的吧。"

"知道你当时为什么会不安吗？"兰教授把我们四个挨个看了一遍，放慢语速，"那是因为你心里没底。作为总住院医生，我相信一个重病人摆在你们面前，你们可以很从容准确地做出处理。但你们毕竟不是超人，也不是三头六臂的哪吒，遇到数个重病人同时出现在数个病房的情况难免会分身乏术。由于对其他几个病房的情况心里没底，你们在'赶场'的过程中就会被不安所缠绕。这种负面情绪是极坏的,它会在不知不觉中影响你的临床判断和处理。"

沈一帆若有所思地点点头:"的确如此。昨晚我去往外科病房时,心里就很乱,总是放心不下另外三个病人。"

"有什么方法能消除这种不安吗?"我和米梦妮不约而同地问。

兰教授眉梢一抬:"换句话说就是怎么才能让自己的底气更足一些?每个人的直觉不一,你最担心哪一个病人,大可以听从内心的安排第一时间先行处理。沈一帆,就像你最担心外科医生可能把心电图看错,我一点也不反对你先跑往外科病房,不然你会一直不安地惦记着这件事。但你要记住的是,直觉可能犯错,理性的判断却不会,你要理性地辨识病情的轻重缓急。当你发现病人的确是个生命体征平稳的房颤时,你给出治疗建议就可以了,没必要在那儿耗上15分钟之久,等着他的房颤恢复。另外,你们要学会利用身边的资源,如果我遇上昨晚这种情况,很可能会向神经科总值班求助,请他帮我搞定抽搐的病人,甚至请出ICU总值班让他帮我去呕血病人那边去镇镇场面,这样的话,心头的两块大石头落地,不安情绪消散,后面的处理也得心应手多了。你们想想对不对?"

我们四个人沉思着,默默地点了点头。

兰教授收拾完桌上的笔记,起身对沈一帆笑了笑:"今天的交班到此结束吧。年轻医生就是要在各种决策过程中成长,你们都是聪明人,相信你们再遇上类似情况就会妥当处理的。沈一帆累了一夜,早点回去休息吧。"

我们目送着兰教授转身走出了会议室。沈一帆往椅背沉沉地一靠,卸下刚才强打着的精神,连打几个呵欠,他拿起米梦妮给他的咖啡一饮而尽。

"你还去锻炼吗?"苏巧巧带着一丝坏笑,"人在极度疲劳下锻炼身体不会有收效,反而给心血管带来负担。这可是有文献证据的哦。"

"累了,倦了,跑不动了。"沈一帆依然靠在椅背上,望着鞋架上他的那双New Balance,又是一个呵欠。

"兄弟保重哦。我出门会诊去了。"苏巧巧取下门后挂着的听诊器往白大衣口袋里一塞,整装出发。

我们四个人中,要数苏巧巧做事最为雷厉风行,每天交完班,第一个出门工作的总是她,而剩下的我们三个人,只要没有急事,通常要在办公室里天南地北地闲聊一番,有时到了九点将近才各自出门。如果会诊的数量不多,我们还会约定中午在办公室共进午餐,讨论一番上午会诊的见闻,倒也不亦乐乎。苏巧巧很少参与,她通常只到食堂买上一瓶冰糖雪梨或一小碟水果沙拉,吃毕就继续风风火火地工作去了。

她说她要减肥——但明明是一个身材姣好,BMI[①]接近

[①] 体质指数,英文为Body Mass Index,是用体重公斤数除以身高米数的平方得出的数字,是目前国际上常用的衡量人体胖瘦程度的一个标准。

正常下限的女生——不知什么时候,"减肥"二字仿佛在一夜之间成了全体年轻女性的人生目标和口头禅。作为男性,有时你真的没必要去想或去问为什么。

曾经,沈一帆还是忍不住问了苏巧巧她为什么要减肥的问题。苏巧巧回了一个白眼:"还不是因为男性的审美吗?"

"但我一点也不觉得瘦等于美啊?"

"那说明你的审美标准不代表男性。"

"好啊,你居然拐个弯来抹黑我。"

"我又没让你对号入座。"

……

当时是一个傍晚,忙碌了一天的我正懒洋洋地坐在办公室里对着窗外的风景放空,听到他们的对话,倦意一扫,忍俊不禁。或许真如黛安娜·斯图姆所说:"男人总会问很多问题,想得到答案,但是,女人就是个谜。"

临床感悟

"多线程"的临床工作和时间管理

我 挑战与机遇并存,"多线程"的临床工作充分体现这一点。临床工作的快节奏,复杂性和瞬息万变的确让不少人麋擎,但同时

	也是主治医生和住院医生拼搏和成长的必经之路。
苏巧巧	从时间管理上讲，日常事务可以分成四大类：重要且紧急的事，重要但不紧急的事，紧急但不重要的事，以及不紧急也不重要的事。所有人都会首先处理"重要且紧急的事"，但很多人常常忽略了"重要但不紧急的事"，直到它变成了"重要且紧急的事"。
米梦妮	学习时间管理可以帮助我们节省时间成本，按照时间管理来履行"多线程"的临床事务，经过多年的摸爬滚打，最终将会形成对临床医生而言必不可少的"预见性"和"本能"。
沈一帆	我们要注重临床工作的结果，但临床工作不以结果论英雄。

剑宗和气宗

我有些懊悔，懊悔自己查体时竟然没有面面俱到。我甚至羞愧地想起了华山派的剑宗和气宗——看来，我的马步还得重新扎起。

麻雀虽小，五脏俱全。如此形容总住院医生的办公室恰如其分。这间不足8平方米的内科办公室，规规矩矩地摆放着衣柜、会议桌、办公桌和几把椅子，墙角的洗手池附近安置着我们值班时的全部"家当"——毛巾、牙刷、牙膏、水杯、咖啡、方便面，两位女生还摆放了一些小巧的润肤乳和护手霜。巧的是她们对牙膏和护肤品的喜好如出一辙，选的都是一个牌子。有一段时间我和沈一帆都很好奇她们是如何辨识各自的物件，我分析说米梦妮挤牙膏和护手霜时会在中间任意一处挤，而苏巧巧则规规矩矩地从尾端开始挤，以此可以区分，沈一帆说不对，然后一根筋地想在牙膏和护肤品上找到她们留下的标记，刚巧被推门而入的米梦妮撞见，她眨巴两下眼睛，告诉我们："其实很简单啊，我的东西在洗手池左边，苏巧巧的在右边。"

分析诚可贵，观察价更高，但有时候答案简单到让人意外。

然而最简单的东西往往透着骨子里的美感。在这小小的办公室中，我最喜欢那张朴素的办公桌，据说这是当年一位医学大师用过的物件，没有翻新过，更没有多余的装饰，浅棕色的漆面如同上了年份的陈酿，桌面上立起的书架稳固结实，上面齐刷刷地摆着一本本厚重的医学著作，办公桌的抽屉很深，年代虽已久远，打开时还能飘来淡淡的木香。如今大师早已仙逝，他说过的许多话语已经成为我们的临床警句，他的这张办公桌还在见证着一代又一代总住院医生的成长，等待我们褪去浮躁，洗尽铅华，沉淀下严谨、谦虚，成为一名简简单单的临床医生。

许多人说，现今社会是一个快餐式的社会，人人都希望能在最短的时间内获得自己想要的。为了迎合大众心理，于是就诞生了某某速成班，某某地几日游之类的快餐项目。然而，在医学这个领域，绝对是个慢工出细活的地方。医生的成长让我想起华山派中的剑宗和气宗，剑宗注重招式，学起来进步神速，数日一小成，数月一大成，几年内就能出山，行走江湖；而气宗注重内力，十年一小成，数十年一大成。在头几年甚至一二十年内，气宗的功力一直不能与剑宗匹敌，但几十年后，剑宗无论在招数还是气势都只能对气宗望其项背。如果用金钱和名誉来定义成功，作为内科总住院医生的我们自进入北京熙和医院工作至今已是第六个年头，工资收入远赶不上学IT、金融、管理、经商的中学同学,职称也比不过同年工作的大学同学——我想,当初如果留在国众医科大学,现在或许已经是高年主治医生了——这种感觉,就好像同样拜师学艺,别人已经剑气冲天的时候,我们还在练习扎马步,有时候,心中的那种挫败感是不由自主的。

"熬下去,一招一式地练习,过上数年、十年,再回首,你会发现,当你成为一派掌门人的时候,当初那个曾经剑气冲天的小子还是只会那么一套剑法。"某个早晨交班结束后,我们和兰教授交谈,她只是淡淡一笑。

她和熙和医院的许多老教授一样,言语和行动带着一股超然,骄傲地固守着作为医生的信念。

交班结束,兰教授出门后,我们开始了新一天的工作。

今天苏巧巧值班,兰教授刚出门,她就取下挂在墙上的听诊器,一如既往地迅速出了门,行动冷艳地像一道闪电。沈一帆又度过了一个"天下太平"的夜班,心情不错,一边神采奕奕地哼着小调,一边在更换他的New Balance运动鞋。我和米梦妮今天负责会诊,尽管手头各揣着十余张会诊申请单,我们还是和往常一样不慌不忙地和沈一帆一起聊了会八卦,然后各自出门。

我在通往外科楼的长廊里悠悠走着,低头翻动手中的会诊申请单。我们通常都会先看外科系统的会诊,因为它们相对简单,而神经科、内分泌科、中医科等科室申请的会诊则着实需要费些脑力,我们习惯把它们放在外科会诊之后解决，美其名曰"灭完了小兵再打大Boss"。你看看我今天手头的外科会诊申请单：基本外科的"50岁男性，血压150/92毫米汞柱，调整降压治疗"，So easy！泌尿外科的"72岁男性，既往慢阻肺，行术前评估"，不难！神经外科的"54岁女性，血清肌酐156微摩/升，问能否行造影检查"，兄弟，看你造影检查的必要性啊！耳鼻喉科的"47岁男性，喉癌术后，高热39.5摄氏度，使用头孢他啶抗感染治疗5天无效"，嗯，似乎还有点意思，要不先去耳鼻喉科看看怎么回事吧。

外科的查房一向雷厉风行，有的甚至在九点以前，带组教授已经巡视完一圈病人赶往手术室，留下的几个住院医也都在一面迅速地更改查房医嘱，一面摩拳擦掌地准备上手术。等我们前去会诊时，有时候偌大的病房就只剩下继续忙碌着的护士以及两三个值班医生。可是今天，当我走进耳鼻喉科病房时，已经是九点过半，王燕玮教授居然还在查房，后面尾随着一队住院医、进修医和实习医，着实让我有些意外。她正在巡视的病人正是我要会诊的杨先生，于是我悄悄走进她身后的那一队白大衣中，默默地看着。

王燕玮教授仔细查看一番喉部手术的刀口，若有所思地停顿了一会儿，向身边的住院医询问："术后7天了吧？发热多少天了？"

"对，术后1周。发热已经5天，发热第2天就经验性加用了头孢他啶①，但好像不管用。"说话的应该是杨先生的主管医生。

"发热高峰有下降趋势吗？"

"纹丝不动。"

"手术部位清洁干燥，没有红肿和分泌物，肯定不是感染灶。化验检查有什么提示吗？"

"血常规白细胞2万，中性86%，血沉快，C反应蛋白很高，生化大体正常，血培养、痰培养、尿培养全是阴性的。"

"也就是说，我们现在认定一个病人存在感染，但不知道哪里感染了，也不知道感染的病菌是什么？嗯……我想还是要请内科来帮忙一下吧。"

"我昨天已经发过会诊申请单了。"主管医生抬眼看了一下王教授，"我觉得是机会性感染吧？你看，毕竟是CA病人，免疫力较差。"

在病人床旁，谈及病情尤其是癌症这类疾病时，出于病人的隐私权或病人家属的意愿，我们通常使用英文或字母代号，比如，谈及癌症时我们就会说Cancer或CA。然而，在英文教育越来越普及的今天，这招变得越来越不好使。试想一下：现在有几个人不知道癌症的英文是Cancer？

当然，也有极端的情况。我在免疫科轮转的时候，有位主治医生喜欢用英文查房。于是，到了病人床旁，我先

---

① 第三代头孢菌素的一种，以针对革兰氏阴性菌治疗为主。

是用英文汇报病史，主治医生用英文提问，我接着作答。如此反复数次，只见我那位忠厚老实的来自偏远山村的大娘双眼越来越红，我们即将离开时，她"哇"地一声哭了出来："医生，你们还是告诉我实情吧，我知道，你们故意说我听不懂的话，我一定是得了绝症了，对不对？"

主治医生还沉浸在英语查房的氛围中，来了句："Don't worry! I guarantee you that your disease can be cured"（别担心！我保证您的病是可以治好的）.大娘木然，众住院医生哗然……

既然王教授和主管医生都提及内科会诊了，我也不便继续藏匿在查房的队伍中旁听，我举手示意王教授："我就是内科总值班，过来会诊的。"

查房队伍中的目光齐刷刷地朝向我，主管医生满怀期待地把杨先生的病历递到我的手中，王教授也冲我点点头："真是及时雨啊，我们在边上听听你会诊，从中学习学习。"

世界上有两种人，一种人在干自己擅长的事情时希望自己身边的人越多越好，另一种人在干自己擅长的事情时希望自己身边一个人也没有。我属于后者，喜欢在会诊的时候悄悄地来，悄悄地走，留下一纸会诊建议，不希望被谁注意到。如果有人跟着我会诊或者在我会诊的时候问这问那，反倒会很不自在。现在倒好，王教授金口一开，我一时找不到合适的借口推脱，只能面对众人硬着头皮上了。

简单浏览了一下病历：杨先生今年47岁，1个月前出现声嘶、刺激性咳嗽和吞咽困难，喉镜提示声门下有占位病变，活检证实为喉癌。3周前他感觉进食不适，并且消瘦明显，在外院开始鼻饲营养液。1周前转诊我院行手术治疗，术后第3天发热，开始误以为是吸收热，但体温很快达到了39℃，伴畏寒、寒战，血象明显升高，于是在发热第二天开始抗感染治疗。这位外科管床医生做得还挺到位，完善了血培养、尿培养和痰培养，遗憾的是没有取得病原学证据。现在头孢他啶已经使用5天了，杨先生仍然每日在高热中煎熬。

"你觉得像机会性感染吗？"管床医生试探地问了句。

"应该不是。"我轻轻摇了摇头。机会性感染是指一些致病力较弱的病原体，在人体免疫功能降低时乘虚而入，导致各种疾病。常见的四大机会性感染的元凶——包括结核、真菌、病毒和卡氏肺孢子虫——通常在人体的体液免疫或细胞免疫低下的时候开始作祟。淋巴细胞计数是人体免疫功能的风向标，它低于 0.8×10^9/升时，机会性感染的可能性增加。杨先生急性发热，白细胞明显升高，淋巴细胞数量正常，首先还是考虑细菌感染，至于畏寒、寒战，那是细菌入血的过程，也就是说：菌血症。外科手术病人常见的菌血症原因有手术体表造口和导尿管放置，其他常见的感染部位包括胆囊和肺部，有时候，感染性心内膜炎[①]也是持续性菌血症的原因。接下来，我们要做的就是寻找

[①] 心脏内膜表面的微生物感染，常伴有赘生物形成。

菌血症的部位。

"杨先生,您好。能告诉——我帮您检查一下身体好吗?"其实我差点脱口而出的是"能告诉我您发热时有什么不舒服吗?"——无论病历写得如何详细,到床旁亲自问一下病人的感受还是会给你带来意想不到的收获——然而我刚一凑近,杨先生喉部的纱布突兀地显现在面前,我硬生生地把后半句话吞了回去。唉,暂时也不能指望他能亲口对我说些什么了。

差点出洋相。唉,所以我喜欢安安静静地一个人会诊,这样一来我注意力集中,二来即使我出了洋相也不会有人知道。

我握起听诊器仔细听了一番:双侧肺野呼吸音清晰,没有任何干湿啰音,心脏听起来也很健康,不存在瓣膜杂音;腹部查体时我特地留意了墨菲征①:阴性的;最后我带着点沮丧看了看尿袋里淡黄透明的尿液:"也不像是尿路感染,这感染灶究竟在哪里呢?"

"我们不管感染部位在哪里,直接覆盖更广谱更强的抗生素不就可以了?头孢不行了换泰能②?"查房队伍里的一个进修医生问道。

"当然不合适!脓肿的外科处理原则是什么?"没等我开口,王教授就严肃地向那位进修医生发问。

---

① 判断胆囊急性炎症的体征。
② 碳青霉烯类的一种抗生素,抗菌谱广,作用强。

"切开,充分引流。"进修医生回答。

"对啊,很多内科感染固然使用抗生素就可以,但有些部位的感染也是需要清除感染灶的。"王教授答道。

"比如内科治疗效果不佳的肺脓肿、感染性心内膜炎、胆石症继发的化脓性胆管炎等。"我对王教授点了点头,"至于抗生素,我觉得倒是可以做些调整。抗感染效果不好,原因不外乎几种:感染灶难以清除,抗生素不敏感,自身免疫力极差,或继发其他感染。现在头孢他啶已经用了5天,发热高峰都没有下降,在不清楚感染部位之前,不妨适度扩大抗菌谱,头孢他啶对抗革兰阴性菌[1]的效果好,我们增加一种针对阳性菌的万古霉素。"

我们交谈时,我的余光注意到杨先生的嘴唇张开闭合了一阵,似乎想努力对我们说些什么。守在一旁的家属告诉我们,他也希望我们试着换一种抗生素,因为昨天他在纸上写了一行字:我怕输头孢,本来体温好好的,输上药后反而发热了。

"怎么可能呢?抗生素会使人发热?"主管医生略带夸张地耸了耸肩,查房队伍中的医生们也对家属的这句话窃窃私语,"程医生,既然明确感染灶那么重要,那你看还能通过什么方式明确一下吗?"

---

[1] 用革兰染色法,凡被染成紫色的细菌称为革兰阳性菌,染成红色的称为革兰阴性菌。区分革兰阳性菌和阴性菌,对于抗生素的选择意义重大。

"查体和各种培养没有明确提示，看来感染灶比较隐匿，直接做一个颈胸腹CT也不为过。如果病人还有寒战，就应该多留几次血培养。另外，这尿管还有必要留着吗？如果可有可无，就尽快拔了吧。"

"好的，挺有道理的，就照这么做吧。"王教授在我的会诊过程中一直表情严肃地思考着，此时对我赞许地笑了笑。

"后面有什么情况我会来随诊的。"我写完会诊意见后离开了耳鼻喉科病房。

走出耳鼻喉科病房的瞬间，突然有一种不安的感觉将我笼罩：是刚才会诊过程中忽略了什么吗？我驻足片刻：管它呢，反正CT都做了，抗生素也调整了，感染灶和抗菌谱的事情都想到了，还能有什么呀？大不了下午再来看一眼CT结果，当作随诊好了。

在接下来的时间里，这种不安很快被忙碌所冲淡。我穿梭于各个病房，思考一个又一个的问题，身体和大脑，总有一个在奔波。中午打好了饭回到内科办公室门口时，正好遇到米梦妮，隔壁办公室的马老师打趣地对我说："又陪美女共进午餐啊？"

然而两个医生在饭桌上相遇，话题总离不开医学，我们很自然地聊起上午的会诊，聊着聊着，上午那阵惴惴不安的感觉再次涌动，嚼在嘴里的饭菜变得有些发硬，我草草扒了几口饭，顾不上擦嘴，给耳鼻喉科打了个电话，接电话的是值班医生。

"我是上午会诊的内科总值班,问一下你们那个杨先生的CT拍好了吗?"

"拍完了,下午应该可以取回。"

"病人情况怎么样?"

"照你说的换了抗生素,老样子,上午又寒战了一阵,现在体温38.5℃,刚才巡视的护士告诉我说心率有些快,我想是发热的缘故吧。"

"心率多快?"

"130多次吧。"

"血压怎么样?"

"我没有注意。"

"嗯,我这就过去再看一下病人。不过希望你马上量个血压,做一份心电图,同时派人去取上午的CT。"

"你是说现在?"

"对的,马上。"一般而言,体温升高1℃,心率增加10次左右,上午会诊的时候,杨先生体温正常时心率不过70多次,现在几乎翻了1倍,怎么说也有点不对劲。

"血容量不足吧?病人发热时液体的需求量比平时多。外科时不时会因为心率快请内科会诊,这里面有一部分是围手术期[①]的血容量问题。"米梦妮一边说着,一边细嚼慢咽着最后几口饭。内科办公室的电话听筒出了毛病,打电

---

① 围手术期是围绕手术的一个全过程,从病人决定接受手术治疗开始,到手术治疗直至基本康复,包含手术前、手术中及手术后的一段时间。

话时别人说什么,坐得近一点的人总听得一清二楚。

"我倒希望原因如你所言。"我拎起白大衣,起身出门。

走进耳鼻喉科,我直奔杨先生的床旁,他微闭着双眼,仰在床上,胸部的起伏有些急促,鼻翼时不时地扇动。值班医生正在做心电图,他移动杨先生的肢体时,杨先生只是顺从地被摆动着。

状态不对!我走到床头,晃动两下杨先生的肩头,呼喊两声他的名字,杨先生表情暗淡,无力地睁了睁眼,但很快又闭了下来。

"血压多少?"我问值班医生。

"95/52毫米汞柱。"值班医生是第一年的外科住院医,看到这幅场景,回答的声音都带着颤抖。

"坏了!感染性休克!马上液体复苏!"

"我也担心是休克……这脂肪乳先不输了吗?"值班医生指了指床头输液架上的大袋子,乳白色的液体正缓慢地沿着管路输入杨先生的右胳膊,"王教授今天查房时交代要输完这袋脂肪乳,增加营养……"

"拜托,现在是休克!"我忍不住打断他的话,"什么叫液体复苏?我可受不了这慢腾腾的脂肪乳,马上换成生理盐水快速补液!如果速度不够快,我们甚至需要放置深静脉导管来补液!还有,你把CT结果拿回来了吗?我们要找那该死的感染灶!"

"拿……我让外勤去取了,还没有回来,要不我马上到

CT室去……取给你。"可能是我的语气有些着急,值班医生变得有些胆怯,他拿着刚做完的心电图递给我,"窦性心律,136次/分。"

"叫护士连上心电监护,你赶快去取CT!"

"好的。"值班医生一路小跑,不一会儿,护士推着心电监护仪进屋了。

在任总值班医师之前,我曾想过要做一个温和的总值班,以理服人,以德服人,遇事不急,更莫言发怒。上任之后,我才发现自己离这样的境界还差得太远。

护士安置好监护仪,测量生命体征:血压92/48毫米汞柱,心率138次/分,血氧饱和度96%。紧接着,护士换下输液架上的脂肪乳,挂上500毫升生理盐水,把输液器的开关调到最大,管路中乳白色的液体迅速被透明的生理盐水冲淡。

这时,值班医生气喘吁吁地回来了,把取来的CT片递到我手里。

"干得好!"我接过片子,装在病房的灯箱上看了起来。

颈部,手术后的结构改变,周围没有形成类似脓肿的感染灶;肺部,结构清晰,纵隔淋巴结无肿大,虽然胸腔有少量胸腔积液,但不足以解释如此明显的发热;腹部,肝胆胰脾双肾未见异常,肠腔结构正常。天哪,这感染灶究竟在哪里?慢,等等,CT上右手胳膊里的小亮点是什么?咦,下一个层面还有,下一个还有,小亮点沿着上肢的血管一直进入右心房的层面。嗯,这不会是——

我一个激灵,卷起杨先生右手臂的病号服,沿着输液管路,在他的肘部,一条PICC导管的入口暴露无遗。见到这幅场景,我猛然回味起上午涌现的那一阵不安,忆起杨先生家属上午告诉过我的那番话:每次输抗生素的时候他都会寒战发热,以至于他都害怕输液了。天哪,原来他们早就把答案告诉我们了,他们说得那么明白,而我们只是轻蔑地忽略了!我有种恍然大悟的感觉:发热很可能是因为导管相关血流感染!简单点说,就是那根PICC导管滋生了细菌,每次输液,细菌都会输到杨先生体内的缘故!而今天,他又阴差阳错地增加了营养液输注——天哪,我仿佛看到了PICC导管里的细菌部队正举着大旗排着长队成批地进入杨先生的血液!于是,败血症,于是,感染性休克!

"这根PICC导管放了多久了?"我有些挫败,自己居然输给了一个PICC导管,我有些懊悔,懊悔自己查体时竟然没有面面俱到。我甚至羞愧地想起了华山派的剑宗和气宗——看来,我的马步还得重新扎起。

"3周前在外院鼻饲营养液的时候放置的,当时顾虑到单纯的胃肠营养可能不够。转到我们医院后,我们也继续留着备用。"

"把它拔了吧。"

"啊?可我们还指望着用它来静脉营养的呀。"

"现在我们担心的是导管相关血流感染,也就是说,这根PICC导管已经脏了。想想上午我们说过的话：去除感染灶！"

"但PICC导管的感染率很低，至少可以使用3个月以上呀！"

"那是理论。遇到导管相关血流感染，我们第一步要做的事情就是毫不客气地拔除导管！"

"哦……好，但仅仅是怀疑你也这么做吗？"

"对的！宁可错杀一根'好'导管，也不怀着侥幸姑息一根'坏'导管。准备无菌操作包，我们马上动手！同时抽取外周血培养，拔除PICC导管后剪下导管尖送细菌培养。"

"好的。"值班医生看我这么坚定，不再说些什么，出门帮我准备无菌包去了。

拔除PICC导管后，我给杨先生放置了深静脉导管，继续扩容补液后，又加用了小剂量的去甲肾上腺素①，忙乎了好一阵，杨先生的血压、心率逐步恢复正常，他的神志也比之前好多了，我再次呼叫他名字的时候，他睁开眼睛看了我好一会儿，轻轻地点头示意。

当天晚上，我听说耳鼻喉科病房接到了血培养报警的消息，再后来，血培养和导管尖培养鉴定出表皮葡萄球菌②，耳鼻喉科请我随诊调整了抗生素。又过了几天，我听

---

① 血管活性药的一种，用来休克病人的救治。
② 表皮葡萄球菌是滋生于生物体表皮上的一种细菌，在一定情况下可引起人体化脓性感染。

说杨先生好转出院了……

时间在忙碌中翻滚,我没再听到关于杨先生的消息,他也渐渐淡出了我的记忆。

又过了2个月,北京进入盛夏,同样是个会诊班,忙碌到了快两点时,我才看完不到一半的会诊病人,我脑袋空空、饥肠辘辘地挪到食堂打了一份饭回内科办公室。走在"新加坡"的通道上,外面的阳光刺眼,闷热的空气里偶尔传来一两声知了的叫声,刺激耳膜时,仿佛一阵催眠曲。到了内科办公室门口,遇到同样忙碌到现在的米梦妮,她带着几分倦容,也提着一份刚从食堂打来的饭。

"嘿,和美女共进午餐啊?"传来的声音陌生,带着几分沙哑。我循声望去,走廊里站着一个高大瘦削的身影,他看着我几分困倦几分迷惑的脸,"怎么了,程医生,我站起来了,能说话了,你反而认不出我了?"

"噢——你是耳鼻喉科的那个……杨先生!"他说的没错,我差点没认出来,2个月前我见到他时,他只是一个躺在床上不能说话行将休克的人,我没注意到他的个子竟有将近1.8米,更没想过他语言恢复得这么神速。要不是他看我的眼神和颈部的手术刀痕,我还真有点认不出他。

"我做的手术是保全声带的。现在说起话来还有些费劲,不过我在努力练习。"杨先生似乎看出我的疑惑,"我真要好好感谢你,要不是你的果断,我可能真就休克过去了。当然,后来我的家里人听说你拔掉了那根上千块的导管时，心里都觉得你是不是有点过激了。"

"哈哈，医学上有时就得丢卒保车。你现在过得怎么样？"

"手术后又做了两次化疗，今天门诊评估病情稳定。"杨先生的嘴角挂着微笑，"手术救了我一次，你又救了我一把，我有一种重新活过来的感觉，不怕了，很多东西也看开了。以前我工作忙，没时间陪我家人，现在我干脆把工作辞掉了，想陪多久就陪多久。以前我生活不规律，现在我讲究多了。我看你们医生们工作都太辛苦了，你看看你们，这么迟了才吃午饭。其实工作再忙，也不应该压缩生活的空间。"

杨先生微笑着，对我们摆摆手，缓缓走远。他说的最后一句话挺有道理的，我和米梦妮都还拎着盒饭停在门口，有所触动。

"其实这是个伪命题吧，对我们而言，工作是生活的一部分，压缩了工作的空间，实际上也就压缩了生活的空间。"我推开门，和米梦妮走进办公室。

"反正我觉得他说的挺有道理的。你看看你的生活，到北京这么多年，居然连长城都没爬过，有时周末想找你去旅游的时候，也总是有这样那样的事情，太无趣了。"米梦妮说的不无道理，以医院为圆心，以10公里为半径画一个圈，大体也就是我这些年来的活动范围了。

"好吧，我改过自新。我打算下午就去爬长城，不过你看我还有这么多会诊申请单没看,怎么办呢?要不你做做好人,帮我看了吧。"我开玩笑地说。

"没门。我今天要准点下班,晚上有约会的。"米梦妮撅了撅嘴。

"又一个相亲对象啊?"

米梦妮羞涩地点了点头。

"你看,还说我不会生活呢。好歹我已经结婚了,你都成大龄剩女了,烟花易冷,红颜易老,趁着不太老赶快找个人把自己嫁了吧。"我在办公桌上把报纸铺开,摆上盒饭。

米梦妮冲我做了个鬼脸。

迁延蹉跎,来日无多,二十丽姝,请来吻我,衰草枯杨,青春易过。——这是莎士比亚先生的诗词,每当读起,心里总是有些空荡荡的。

或许,我们医生都是些不懂浪漫不会生活的人。

 临床感悟

不可忽视的"导管相关血流感染(catheter-related blood stream infection,CRBSI)"

苏巧巧　导管是把"双刃剑",带来方便和机遇,也带来感染和风险。国外报道引起导管相关感染的病原菌主要是凝固酶阴性葡萄球菌、金黄色葡萄球菌和念珠菌[1]。我国最常见者是金黄色葡萄球菌，其次为表皮葡萄球菌、鲍曼不动杆菌、阴沟肠杆菌、硝酸盐阴性杆菌、微球菌和真菌[2,3]。

沈一帆　CRBSI的治疗首先考虑拔除导管，长期留置中心静脉导管（CVC）或静脉输液管的病人若遇以下情况应拔除导管：严重感染、化脓性血栓性静脉炎、感染性心内膜炎、经72小时抗菌药物治疗仍存在BSI或穿刺部位脓肿。在非复杂病例中，需要长期应用且静脉通路有限（如血液透析）或有再次置管禁忌证的病人，可尝试保留导管，应用抗菌药物封管。

米梦妮　治理CRBSI应重视以下方面：洗手、最大化无菌、导管及其他侵入型器械的正确选择、导管穿刺部位的消毒，以及导管及时拔除。

我　　　预防CRBSI的最好方法——避免不必要的置管操作。我们对CRBSI的态度——零容忍！

[1]N Eng J Med, 1977, 296(23): 1305—1309.
[2]Lancet,1999, 354(10): 1504—1507.
[3]Arch Inter Med, 2005, 1 65(12): 2639—2643.

守望，守住了才有希望

> 外科是一门刀尖上跳舞的艺术，如果有可能，内科应该协助他们充分准备好舞谱，而不是把他们逼上刀尖。

第二天一早，走进办公室时，米梦妮左手托着下巴，一双大眼睛盯着右手把玩着的玻璃杯，她的面前摆着一本打开的英文时尚杂志。

"昨晚的约会怎么样？"我凑到她面前时，闻到一股淡淡的香水味道，好闻，一点也不刺鼻，我不由自主地长吸一口气。

"啊？有约会？来，快说说怎么回事。"值了一宿夜班的苏巧巧顿时来了精神，"我就说嘛，今天办公室里怎么这么香，我还以为值了个夜班，把鼻子都值坏了。"

沈一帆摆弄着手中的iPad："今天喷了香水来上班，想必今晚还有约会。"

米梦妮不好意思地把头埋进杂志，半晌，她抬起头时双颊绯红，脸上的酒窝分外明显："他好帅哟！"

"有照片吗？让我瞧瞧。"苏巧巧凑上前去。两个女生叽叽喳喳地交谈开来。

有人说熙和医院招聘住院医生就像是选媳妇和挑女婿。每年医院面试时,都会吸引大批五湖四海的青年才俊。当两个应聘者能力相近时,长相胜出的多少会有点优势,这样下来,每年新招的住院医生里都会有一些俊男美女。

苏巧巧和米梦妮就出落得清新而有灵气。医生这个职业与化妆几乎绝缘,然而女性临近三十,内在的气质修养远比化妆更加养颜,内心静好的女子,自然会呈现"姿容端丽"之相。正如古老典故里的一句话:您的身体只是庙宇,心是其中的神明,神在其中,则庙宇华丽。

苏巧巧在外宾门诊出诊时,就有一个美籍华人被她内心的神明所吸引,拜倒在她的白大衣下,拜倒了半年多,冷丽公主的心终于融化。米梦妮未婚,追求者一个接着一个,但没有一个入得了她的法眼,最近的一个是房东家的儿子,房东一咬牙,狠心把市中心每月七八千的月租金减到了每月三千,房东的儿子隔三差五地来送些水果、糕点,米梦妮住得浑身不自在,住上不到一个月就搬到了东五环,还得每天赶个大早来上班。所以,她对昨天的约会对象流露出赞赏,还真算得上一件新鲜事。

我曾想过,如果把沈一帆换做另一个美女总值班,那么我每天上班时就可以像《霹雳娇娃》[1]里的Charlie那样,

---

[1] 电影,英文名Charlie's angels,讲述三名聪明、漂亮、机敏的女侦探的故事。三个主角是:魔鬼身材的娜塔莉,长相甜美的迪兰,以及擅长中国功夫的华裔女子艾利克斯。

进门时面带微笑地看着一张张赏心悦目的脸庞,大声问候:"Hello, angels!"

交班后,下夜班的苏巧巧也不着急回家,继续兴奋地和米梦妮一通八卦。我和沈一帆对帅哥的话题不感兴趣,耸耸肩膀,告别了屋里的香水味道。

今天我主班,我和沈一帆先去急诊挑选合适的病人收住院。

收病人是一件耗费心智的统筹安排。有的主治医生希望病房平稳,喜欢收门诊病人;有的主治医生喜欢挑战,恨不得把整个急诊抢救室都包了;有的大大咧咧地告诉我们随便叫;有的对某种疾病特感兴趣,一听说就两眼放光。总而言之,众口难调。

病人那头的安排也不省心。同样得了一种疾病,收住院时我们通常优先病情急的、重的、不稳定的。上学时,我们曾做过一道排序题:你在急诊接诊四个病人,分别是心梗、急性胃肠炎、胆石症和普通感冒,按病情轻重安排接诊顺序。我们理所当然地认为心梗的应该最先看,普通感冒姑且靠边站。但正确答案出人意料,却又合情合理:每个病人都觉得自己身上的病最重。现在当上了总住院医生,我们每天都在做同样的选择题,并且还要试图给出令所有人都满意的答案。试想一个病人在急诊一待好几天,看着身边的病友换了一波又一波,唯独自己被孤零零地放在"被遗忘的角落",心里难免会有小算盘。

我和沈一帆刚跨进急诊大门,亚历山大大叔的脸上堆满了笑容,搓揉着双手迎了上来:"今天哪个病房有床呀?"

"你有很多棘手的病人吗?"

"琳琅满目,供君选择,帮我们减轻点压力。1床,肺泡出血的,可能是血管炎,可以收免疫科;2床,可能是心肌淀粉样变,你们看看血液科还是心内科感兴趣;3床……"亚历山大大叔又如数家珍地念叨起他的病人,脸上书写着惆怅。

没等念叨完,他的院内手机响起。接起,听着,他的眉头紧锁:"赶快送到抢救室吧!"

"男性,16岁,腹痛,急性肾衰竭,肾内科有床吗?"他扭头对我们说,"一起看看病人吧。"

话音未落,平车推进了抢救室,一个年轻的小伙子蜷缩着侧卧在平车上,后面簇拥着几个家属。抢救室的护士几步快走,和家属一起兜起床单,一起一落,把小伙子移到了病床上。降落到病床的瞬间,小伙子眉心一皱,身体抖动一下,双手抱住膝盖,蜷缩得更厉害了。

看到我们几个白大衣的靠近,几个家属围了过来,七嘴八舌地说开了。

小伙子姓沈,来自东北农村,三代独子,父亲去世得早,从小被家里人视为掌上明珠。一周前出现肾绞痛,排尿时加剧,当地医院超声检查发现肾结石,进行了体外碎石,但意想不到的是出现了血尿并愈发严重,当地医院认为是碎石治疗的并发症,进行了止血和输血治疗。三天前,血尿倒是少了,尿量也跟着少了,到现在已经彻底无尿!更让人郁闷的是,小伙子出现腹痛,摸不得碰不得,整天蜷着身体,吃不下东西,家属们也急得团团转,全家老小连夜赶到了北京。

"各位医生啊,求你们多想点办法啊,家里就这么一个孩子,肾不好了,将来讨媳妇可咋整啊。"说话的是小伙子的爷爷,皮肤黝黑,岁月在他的脸庞印刻出长年劳作的年轮,也打磨出憨厚的痕迹,他说话的时候全家人都一声不吭地看着他,看来是一家之主。

"比起讨媳妇,现在更重要是的是把命保住,出血、腹痛、肾衰,哪一个都不是那么简单的,我们要赶快找原因。"沈一帆走上床前,准备给小伙子进行体格检查,"肚子痛之后在当地还做过什么检查吗?"

"检查……后面就没做过什么检查了……医生,你说这肚子痛不就是结石给闹的吗?一开始小便还有血,后来也就消停了,我们还寻思着这都好了呢,谁想却又没尿了。"

我们不再应话。沈一帆已经慢慢地帮小伙子翻过身来,平卧在床上,开始试探性地触碰小沈的腹部。

最开始的几下是轻柔的浅触诊,然后沈一帆的手在小沈的中下腹部停留,在表面轻轻地移动几下,小沈的嘴巴微微咧开,紧闭着双眼,沈一帆迟疑了一下,稍加大力气按了下去,小沈"啊"一声,一把推开沈一帆的手,猛地侧过身子，痛得把背都弓了起来。

"中下腹部有包块。"沈一帆对我和亚历山大大叔示意，"可以做个超声来证实。"

"是血块吧？肾结石碎石后出血了，一开始发生血尿，后来出血部位形成血肿，血肿增大后反过来压迫输尿管，形成肾后性梗阻，然后就无尿了。"我的毕业课题做的就是急性肾损伤，对肾衰的分析很有自信。

"很有道理。"亚历山大大叔点了点头，"我们马上安排腹部超声探查血肿和泌尿系统的情况，现在先抽血急查血常规、生化、电解质、凝血和血气分析。"

为了在最短的时间内把握病人的基本情况，抽血往往是抢救室的第一道工序，听完亚历山大大叔的抽血安排，在一旁待命的护士迅速完成了静脉采血和动脉血气分析。

"静脉按压3至5分钟，动脉按压5至10分钟。"护士在采血部位按上止血棉，交代病人家属。

短短两三分钟，我们表达的信息量有点大，几位家属一时有些发怔，还是爷爷先反应过来，指着两位年轻的家属："快去帮忙按住棉球。"两位家属缓过神来，赶忙应诺着走到床旁。

5分钟后，超声科医生推着床旁超声机过来了，探头往中下腹部一放，一个圆滚滚的团块影暴露在我们眼前，它臃肿的身体压迫着双侧输尿管，膀胱里有少许液体，里面飘着一点棉絮样的血块，双侧肾盂肾盏分离3.2厘米。这是典型的肾后性梗阻，罪魁祸首就是那个圆滚滚的血块！

"看来现在我们需要外科一起出马看看了。"我对亚历山大大叔说。肾后性梗阻导致的肾衰，治疗关键在于尽快解除梗阻，如果梗阻时间不长，肾功能通常能够恢复。也就是说，对小沈而言，现在最需要的就是通过手术把血肿清除干净，解除对输尿管的压迫，然后彻底止血。

亚历山大大叔立刻掏出手机联系外科总值班，站在一旁的沈一帆神情严肃地说："家属跟我们到办公室吧，我跟你们交代一下病情。"然后他又示意正在按压止血棉的两位家属："你们也跟着过来吧，按压时间已经足够长了。"

两位家属松开手，带着迷茫而慌乱的眼神，和一群同样神情紧张的家属跟在沈一帆的身后。的确，进抢救室才短短十几分钟，就有人告诉他们需要动大手术，换谁都有种天要塌下来的感觉吧？

才走开十几步，身后传来小沈痛苦的叫声："妈，你们快回来，手上冒血了！"

一群人三步并作两步地返回。只见小沈正举着一只被血染红的手，另一只手正不知所措地寻找刚才扎血气的针眼。我走上前，拿起床头的止血棉按住正在渗血的针眼。真邪门，什么事都赶在一起，这动脉血气的针眼怎么说也按了有10分钟了吧，怎么还在往外冒血。我查看了一眼另一处静脉抽血的部位，还好，没有出血。

此时爷爷正数落着方才按压针眼的那位家属，年轻的农村妇女憋红了脸，一句不吭。

"血小板或者凝血功能异常？"身边的沈一帆对我说道，又像是在自言自语。

是啊，动脉血气分析取血的小小针眼一般按压10分钟已是足够，普通的体外碎石出现这么严重的血肿并发症也属罕见——这说明小沈自身的凝血机制有问题——那么这背后的原因是什么呢？

突然，有一种可怕的念头在我脑中闪过，我不敢去想，又抑制不住。我开口问道：

"小伙子之前好出血吗？比如说皮肤出血、牙龈出血，摔跤了关节出血之类的。"

"家里就一个娃，金贵，什么都护着，哪舍得让他摔着呀……不过，医生您这么一说，我倒是寻思着，这娃身上要破个口子，血是要比别人多流不少。"

"小伙子的外公没有一起来吗？"

"外公死得早，30多岁死的，消化道出血，死之前可惨，那血流得呼啦呼啦的。"

几个回答让我脑海中一闪而过的念头变得清晰起来，接近了，接近了……天哪，真要是这个疾病，在这种情况下，年纪轻轻的小沈该怎么办才好？

"你是怀疑血友病？"沈一帆一字一顿地对我说，每个字眼都仿佛一个锤子敲在我的心头，我突然觉得心里有些憋闷，不由地深呼吸换了一口气。

亚历山大大叔刚和外科总值班通完电话,听完我们的对话,愣了一下,随即说道:"我马上问化验室凝血功能检查结果。"

血友病是一种遗传性出血性疾病,致病基因位于女性X染色体上,具有隔代遗传的特点,也就是女性携带基因,导致下一代男性发病。小沈的外公死于不寻常的大出血,如今小沈的出血也有些蹊跷,说不好还真就是血友病惹的祸。或许因为小沈的血友病较轻,或许他真的被家人保护得太好,在这次碎石前没有遇上大出血……我有些不敢继续想下去,如果真是血友病,小沈即将面临一个进退两难的局面:不动手术,血肿无法清除,肾衰不缓解;动手术,风险极大,甚至会出血不止死亡。毕竟,在十几二十年前,光是血友病这三个字就足以让外科医生们"闻"而却步。

亚历山大大叔问完结果回来了,他满脸的沮丧:"活化部分凝血酶时间(APTT)明显延长!我们还需要抽一次血,做正常血浆纠正试验,检测凝血因子活性鉴别血友病类型,再配血准备输注新鲜血浆,改善凝血异常。"

外科总值班也出现了,他一听说我们怀疑是血友病引起的腹腔内出血,立刻把头摇得像个拨浪鼓:"兄弟,血友病啊,这个情况下我们没法动手术。"

"还没定性,现在只是怀疑。"沈一帆瞟了他一眼。

"八九不离十了吧?APTT都这么高了。"

"APTT延长的原因有很多,血友病只是其中的一种。

其他常见的原因还有——"眼见着沈一帆就要高谈阔论了,我打断了他:"如果我们把凝血功能纠正到正常,就可以上手术了吧?"

"除了凝血异常,别忘了还有肾衰,病人会酸中毒、高钾……总之,内环境不稳定,手术也会不稳定,这点你们内科比我们更清楚。"

"内环境不稳定就不手术,但不手术解决肾后性梗阻,肾衰就无法纠正,内环境就难以稳定,这是个死循环啊。"我有些懊恼,瞪大眼睛看着外科总值班。

"先透析吧。"

"透析?!病人现在没有透析通路,需要在大血管里放置粗三腔深静脉导管,这出血风险也是相当大的。"这家伙,居然把烫手的山芋塞给了内科。

"怎么着也好过外科手术的风险吧。等凝血异常纠正了,内环境稳定了,我们自然会安排手术的。"外科总值班耸了耸肩,露出一副令人讨厌的爱莫能助的表情。

我们和外科总值班的私交甚好,但在工作时,内外科打交道,讨论起学术问题或治疗方案时,争个面红耳赤的现象并不少见,大家都在为病人想着、做着,都在试图挑战对方的底线,试图让对方接受自己的想法。这种现象直到成为高年资主治医生时才有所改观,那时的大家都彻底超过了把冲动和灵感错以为决策的年纪,他们都很清楚自己的能耐,更希望用对方的想法弥补自己的不足,终于在礼节上、学术上都相敬如宾。

此时最难熬的恐怕要数病人家属,他们显然对我们口中不断蹦出来的医学术语感到陌生,但多少也能体会出他们孩子的病很重,而且很难治,他们脸上的表情夹杂着茫然和不安,试图了解却又渐行渐远。爷爷从口袋里掏出烟,含在嘴里,随即被抢救室的护士请出了屋,他蹲在急诊大门外的过道,点燃了烟。

亚历山大大叔宽慰在抢救室里愣着不动的其他家属:"别着急,一会儿我详细告诉你们小伙子的情况。"随即又抬眼对我们说:"几位总值班先各自忙去吧,化验结果回来后我告诉你们,如果真是血友病,你们帮忙看看肾内科或者血液科有没有空床。"

就此别过。我和沈一帆都有些揪心。

"摆在小沈面前的是一条曲折的道路。"

"如果真是血友病,需要花一大笔钱输注凝血因子,但看上去家里经济条件实在很一般……唉。"

谁说不是呢?就拿比较常见的血友病A来说,即便是轻型的,病人体内的凝血因子Ⅷ也仅有正常人水平的6%~30%,而要进行开腹这样的大手术,或者在大血管里安置透析管路,通常在术前需要大量输注凝血因子Ⅷ,使血液中Ⅷ因子浓度达到正常人的60%~120%,由于Ⅷ因子的半衰期很短,每8~12小时需要补充一次维持剂量,等熬过了手术,头4天Ⅷ因子浓度需要维持在60%以上,再接下来的4天需要维持在40%以上。这样算下来，光是输注凝血因子，就要花费好几万。

　　上午接下来的一段时间，在忙碌的间歇，我的眼前就会浮现出小沈蜷成一团的身影和他爷爷蹲在墙角默默吸烟的样子，我试图让自己忙一点，再忙一点，用忙碌来赶走心中的那份担心和疑虑，然而，每当值班手机响起的时候，我的第一反应就是：亚历山大大叔来告诉我小沈的化验结果了！

　　当值班手机第三次响起时，亚历山大大叔告诉我：血友病A，凝血Ⅷ因子活性只有4%。

　　"小伙子血钾5.8毫摩/升，血气pH值7.18，我们采用药物降钾和纠正酸中毒了，但持续无尿，麻烦和肾内科联系一下，看看能不能安排透析吧。"

　　"输凝血因子，透析，然后手术，这需要好大一笔费用，家里人能接受吗？"

　　"家里人正想办法凑钱呢。嘿，院里不刚给急诊一笔救济基金吗，我给他们家申请了两万先垫着，小伙子这么年轻，家里又都是老实人，你说不救这种人救谁啊？"

　　"真有你的，看你这件事做得这么漂亮，以后我们再多收些急诊病人住院。"

　　"那先谢过了，你看看，我们急诊压力这么大……"

　　我脚步轻松了不少，觉得亚历山大大叔的唠叨其实蛮可爱的，一路听着，就到了血液透析中心。

肾内科主任的办公室就设在血透中心的里面，安排血友病病人透析这种非常规的事情，最好还是要事先让主任知道。

"请进。"敲门后传来一声清脆的女中音，你一定想不到嗓音的主人是一个身材高大的山东女子。

肾内科的李慧雅主任身高近1米8，双腿修长，年轻时一定是位运动健将，头发很长，据说是齐腰，但工作时总是盘在头顶，圆珠笔当作发簪在发丛中穿过，别有一番干净利落。

我描述了一番小沈的不幸，又带着不满抱怨了几句外科的不给力。

李慧雅主任在一旁静静地听。

"说完了？"

"嗯。"

"前半段说得很清楚，后面你说外科怎么就不给力了？"

"一句话就把风险甩给了内科，其实如果在凝血纠正后，再用些药物纠正酸中毒和高钾，马上安排手术也未尝不可。"

"如果你是手术医生，你是愿意接一台急诊手术，还是一台择期手术呢？"

"嗯……应该是后者吧。"我有些语塞，也有些顿悟。

"为什么呢？"

"前者有太多未知数，而后者的情况摸得比较透彻，即使有突发事件，防范措施也能做得比较充分。"

"外科是一门刀尖上跳舞的艺术，如果有可能，内科应该协助他们充分准备好舞谱，而不是把他们逼上刀尖。"

"但给血友病病人做深静脉穿刺，还有透析，哪一个不是高风险啊？"

"但毕竟可防可控，深静脉穿刺时先用超声定位，找个经验丰富的高手操作，透析时避免使用抗凝血药，都是解决方案。等一切准备妥当后，我们就该'逼'外科医生尽快出手了。在这场与疾病的战役中，我们的角色是个守望者，和病人一起守望，也只有守住了才有希望。"

我有所触动，沉默了几秒："嗯，我想我们会当好这个守望者的。"

回到抢救室的时候，小沈已经用过镇痛药，正神情安详地躺在床上闭目休息，亚历山大大叔在床旁盯着吊瓶中的凝血因子Ⅷ一滴一滴地流进小沈的身体，神情庄严肃穆，让人想起胡夫金字塔边上守望远方的狮身人面像。

我对这位急诊科里的守望者做了一个"V"的手势："输完凝血因子后，准备深静脉穿刺，留置透析通路。"

亚历山大大叔同样对我回了一个"V"的手势。

超声定位，仔细分辨好动脉和静脉，局部麻醉，放置穿刺针，亚历山大大叔亲自操刀，熟练地一针见血，接下来的动作也行云流水：穿入导丝，拔出穿刺针，安置粗三腔导管，缝针固定，贴上敷料。

同样的医学操作，看有的人做起来是一种享受，看有的人做则是一种折磨。但每个高手都是从最初的菜鸟成长起来的。

一切准备妥当，我们把小沈送往透析室。小沈依然在病床上安静地躺着，我们在路上的动作尽量轻柔，害怕不小心发出的声响或病床的震动破坏了这份安详。他太累了，太需要休息了，刚才深静脉穿刺时亚历山大大叔的麻药给得很足，筷子般粗细的粗三腔导管放入身体时，他也只是微微挑了一下眉间——当然，我们看到的或许只是代谢性酸中毒时的"发蔫状态"。但不管怎么样，小沈，你会渐渐好起来的，我们，还有其他的医生护士，都在守望着你。

两位年轻的家属帮忙推着病床，那位爷爷虽已年迈，但身体还算硬朗，拄着根拐杖一路跟着我们，有家属想搀他一把，他一挥拐杖拒绝了，眼睛紧盯着躺在病床上的孙子。

到了透析室门口，做好交接，我们重新检查一番小沈深静脉置管的部位：敷料清洁干净，没有渗血。我和亚历山大大叔都松了一口气，互相看着对方点了点头，然后目送着小沈推进了透析间，直到看不见，我们转过身，发现家属们还一个个伸长了脖子往里头望着，小沈母亲的眼眶中饱含泪水，眼看就要落下。

爷爷把拐杖"笃笃"地往地上敲了两声："给恩人跪下！"五六个家属齐刷刷地跪了下来，小沈母亲终于放声哭了出来。

从医这几年,我最怕两个场景:一个是家属塞红包,但不管是严词拒绝或是婉言谢绝又或是软硬兼施,总归还能推得掉;而真正令人头大的就是这个家属下跪,往往你还没弄清怎么回事别人就已经跪在那了,你只能尴尬地接受。我和亚历山大大叔赶忙上前去把家属们挨个扶起后,我立马借故说有事要先走,把后边的事一股脑儿地留给亚历山大大叔了。亚历山大大叔光溜溜的前半个脑袋冒着豆大的汗珠,无奈地瞪圆了眼睛看着我远去,我仿佛听到他内心的台词:"好你个小子,又把压力留给我了……"

没办法,这世上反应慢的会被反应快的整死。

小沈被收进了肾内科病房,我们几个总值班每天都会去看望他,两位美女总值班还会时不时地想些法子逗他开心。经过几天的透析支持,小沈的状态改观不少,脸上也渐渐有了笑容,他每天都还继续输注着凝血因子,出血应该是止住了,腹部的血块也没再增大。然而,凝血因子的频繁使用毕竟是一笔大开销,急诊科申请垫付的两万元很快要见底了。

外科医生答应手术了。在手术前的一天,下班时我和米梦妮一起离开医院,米梦妮拐到住院处往小沈的住院经费里打了五千元。

"就当是上个月我省下来的房租吧。"她轻松而含蓄地笑了笑,低下脑袋,长长的睫毛低垂着,细微颤动着,轻轻地,犹如羽毛。

因为忙碌，小沈转到外科病房后，我们打照面的机会就少了。后来外科总值班打电话告诉我们，手术很成功，没有发生大出血，梗阻解除后排尿恢复了，肾功能也逐渐好转中。再后来，某一天上午交班时，沈一帆告诉我们小沈昨天出院了，出院的那个晚上家里人打听到内科办公室，见到正在值班的沈一帆，二话不说就跪了下来，沈一帆一时不知所措地呆在那里。

我庆幸那个晚上值班的不是我。

又过了两个月，入秋的一个晚上，我值班。值班手机响起，我一看是抢救室的来电。

"还记得2个月前的小沈吗，他们又来了！"话筒里传出亚历山大大叔的声音。

我心里咯噔一下，挂了手机就往急诊猛冲，跑得气喘吁吁。

"怎么了？"我冲进抢救室。

眼前的小沈好端端地站着，家里人又都来了，除了爷爷和大病初愈的小沈，其他每个人都扛着一个大大的麻袋。

"这些都是俺们那旮旯种的，贼好吃了，你们是救命恩人，都扛一袋回家吧。"爷爷声如洪钟。

"好……好的，谢谢，只是你们……千万别……突然跪下来了！"我还在喘着粗气。

我往亚历山大大叔的肩膀捶了一拳："不说清楚，害得我……跑得半死。"

"我没说完你就把电话挂了啊,怪谁?"

世界是公平的,有时候反应快的也会被反应慢的整死。

那袋东北大米扛起来真的很累!不过它真的很好吃!

当你做出善举的同时就像是播下了一颗种子,说不定什么时候就会结出果实,用善良来回报你。哪怕在医患关系越来越复杂的今天,大多数医生在第一时间还是愿意相信善良和选择善良。

善良,和命悬一线的生命一样,都需要守望,守住了,也就有了希望。

 临床感悟

不友善的"血友病"V.S不言弃的急性肾损伤

苏巧巧　血友病(hemophilia)是一种X染色体连锁的隐性遗传的出血性疾病,常见的包括血友病A和血友病B,分别由于凝血因子Ⅷ和凝血因子Ⅸ的质或量的异常所致。通常男性发病,女性携带,患病率为5~10/10万人。血友病A约占血友病病人的80%,以自幼反复关节、肌肉、皮肤黏膜出血为特点,严重者可有内脏、中枢神经系统出血,关节畸形和致残率高。

米梦妮　出血性疾病若发现血小板计数和凝血酶原时间（PT）正常而APTT延长，需警惕血友病。此时需检测FVⅢ:C/FIX:C血浆水平，据此可以作出分型诊断：重型FVⅢ:C/FIX:C<2%，中型≥2%~5%，轻型≥5%~25%，亚临床型≥5%~45%。临床实践证明，血友病非手术禁忌证，但围手术期必须定时检测FVⅢ:C/FIX:C水平。拿血友病A来说，围手术期术前需使血液中Ⅷ因子浓度需要达到正常人的60%~120%，术后4天Ⅷ因子浓度需要维持在60%以上，术后5~8天需要维持40%以上。

我　　　急性肾损伤（acute kidney injury, AKI）是涉及多个学科的危重急症。哪怕小幅度的肌酐上升也不可掉以轻心，美国一项研究表明，血肌酐上升≥0.5毫克/分升，死亡风险上升6.5倍，平均住院日延长3.5天，住院花费增加7500美元[1]。并且，AKI还严重影响长期预后。

沈一帆　AKI的治疗目标是尽可能保护肾功能，尽快解除潜在的可逆转的原因，比如肾脏低灌注，药物因素，和肾后性梗阻。透析治疗是把双刃剑，其最为合适的应用时机还有待进一步的循证医学发现。

---

[1] JASN,2005,16(11):3365-3370.

各自的黄金周

> 成败在此一举，我仿佛进入一个无声的世界，突然觉得周围的一切都安静了，眼前只剩下石静手中向前试探着的导管，不好，有阻力！一下，两下，三下……

"十一"小长假即将来临，这些天电视里铺天盖地的全是旅游景点介绍和"十一"期间高速公路免费的消息，离国庆节还有两天，全国上下已经提前进入了"过节模式"。我老婆所在的广告公司提前放了假，这几天闲着没事在家筹划假期的旅游规划，我羡慕不已地表达了一番这个世界的不公平，老婆则白了我一眼说，很多外企不都这样吗？也罢，好在这两天上班时我也找到了一些属于自己的小幸福：早晨居然在地铁车厢找到了座位，北京路面的交通拥堵也不治而愈，中午食堂吃饭时排队的长龙没有那么长了……

"你说，医院跟往常一样运转，大家都还在上班，怎么中午排队吃饭的人会少了呢？"中午时，我们几个总值班一起吃饭，苏巧巧也难得参加了我们的聚餐。

"说明肯定有人提前放假了或者外出聚餐了。"沈一帆一本正经地分析。

"提前放假不大可能吧,这几天的工作量没变,一个萝卜一个坑,临床医生的岗位一个也少不了。"苏巧巧夹起一块糖醋排骨。

"你以为别人都和你一样是坑里的萝卜啊?总还有一些比临床医生闲的岗位吧,他们平时吃饭比你积极,餐餐准点,临近节假日事情不多了又可以提前休假,几个因素相叠加,自然你会发现吃饭排队的队伍变短了。"沈一帆说着,恶狠狠地扒了一口饭,"不过,话说你平时不是不吃午饭的吗?"

"怎么?本姑娘吃饭碍着你了不成?我以后还天天跟着你们混吃混喝呢。"苏巧巧假装生气的口吻,脸上却挂着笑脸。

"哪里,吃饭时多一个秀色可餐的美女,开心还来不及。"

"食色性也,没想到你一句话就把这两点都表现得淋漓尽致。"

"……"沈一帆动了几下嘴唇,埋下头吃饭去了。

苏巧巧和沈一帆的对话,往往是从沈一帆的一本正经开始,再以他的无话可说结束。我和米梦妮在一旁乐呵呵地偷笑。

"你老婆现在已经在家休息了吧?她这份工作挺让人羡

慕的。"沈一帆似乎有些尴尬,开始没话找话地对我说。

"嗯,是呀,她至少可以每天睡到自然醒,早晨十点多到公司报到,磨蹭一会儿就开饭了,真正干活是从下午开始的。"我点点头。

"不过,我听说广告公司加起班来也是不要命的,常常会熬到很晚回家吧?"米梦妮低头喝了一口汤,左手的两个指头把额前的刘海往耳后轻轻挑开,白皙的中指上戴着一枚戒指,戒面的造型是一箭两心,在我的印象中,这枚戒指是2周前出现的。

"的确,某些时候公司任务会比较重。但更多的场合,要么是临下班了突然冒出个活,要么纯粹就是拖延症造成的,把事情拖到了临下班才开始做。说白了,其实前者说不准是他们的上司或客户在犯拖延症。"我摇了摇头。

"最近拖延症很流行呀,作为医生,你有试着去治疗吗?"米梦妮捂着嘴笑。

"没有用,这个病的预后很差。"

"唉,看着别人不是在放假,就是在准备放假,而我们还得每四天值一个班。要不我们每人连上两天,其余时间休息,让休息的时间连续一些,多少有点放假的感觉,你们看如何?"苏巧巧提议道。

一致同意。商量的结果:10月1日,2日沈一帆值班,3、4日是我,苏巧巧上5日和6日,米梦妮值国庆最后一天外加10月8日,她兴奋地说刚好趁这个难得的六天假期跟男朋友去海边旅游。

吃完饭,我们去呼吸治疗中心检查备用的呼吸机,这是每逢过节的例行工作。备用机还剩下五台,我一时兴起,幸灾乐祸地把它们取名叫:101、102、105、106和107,分别对应即将来临的10月1日、2日、5日、6日和7日,避开我值班的10月3日和4日。我话音刚落,立刻招到了一串白眼和两记拳头。

休息的时候总是过得匆匆,还没什么感觉,就到了10月3日。

接班时,沈一帆告诉我说整个医院平安无事,他犹如被扔进了外太空,完全收不到中国联通的信号,值班期间手机一声不吭,除了吃饭、睡觉,他独自一人看了近30小时的文献和电影,然后他向我展示一番下载的文献以及电影的文件夹,说自己看电影快看吐了,露着一脸事不关己高高挂起的表情。

"那两台呼吸机,101和102,我看该改名叫103、104了。"临走前,他换上了柜子里的New Balance。

"别乌鸦嘴,好好锻炼去吧。"

交接完班,我转了一圈内科病房,果然很平静,没有什么风吹草动的迹象,我回到内科办公室,坐在电脑前,往杯子里加了茶叶,冲上开水,然后打开沈一帆的电影文件夹,脑海里憧憬了一下看电影度日的美好时光,看着杯子里漂浮着的茶叶一点点地往下沉。

值班手机响了,没错,它响了,我脑海中的幻想和杯中的茶叶一样泡汤了。

"老总,血液科,意识障碍!"值班医生的声音很着急。

"什么?哪床?生命体征如何?"我奇怪上午转病房时怎么没发觉这么一个"定时炸弹"。

"不是住院病人,是病人家属……生命体征还没测,但看得出呼吸频率很快。"

"病人家属?这也可以……先安置在移动平车上,给心电监护,建立静脉通路,然后查心电图,测血糖,我马上过去!嗯——对了,呼一下急诊总值班,病房没床,我们需要把病人转运到急诊。"我把听诊器往脖子上一搭,朝血液科的方向奔去。

穿过"新加坡",跑到2楼电梯门前,我摁了上行的按钮,焦急地看着显示屏上缓慢变幻的液晶数字,迟疑几秒,一转身迈进了楼梯间,长吸一口气往血液科所在的10层冲去。

到了血液科,我有些上气不接下气。楼道里摆着一台平车,边上立着输液架和监护仪,值班医生、实习医生,还有几名护士簇拥在床头忙碌着,一个身穿病号服的年轻女子坐在地上泣不成声,一位年轻护士蹲在她跟前安慰着,楼道两侧的病房探出一个个脑袋,或关切,或好奇,或漠然……

我瞄了一眼监护仪：血压110/52毫米汞柱，心率168次/分，呼吸频率35次/分，血氧饱和度95%。一路狂奔过后，我估计自己的心率、呼吸跟这个监护上的数值不相上下。我前行到平车边上，调整着步伐和气息。

"有什么发现？"

"心电图是快速房颤，指测血糖2.3毫摩/升，应该是低血糖反应，我给他推注了两支高糖，现在正在输着葡萄糖氯化钠。"值班医生林爽是个小个子女生，戴着口罩，发际边上渗着汗珠，看到我的出现，她似乎放心了许多，白大衣的袖口往额头抹了一把汗水，对坐着哭泣的女子说，"我们的内科总值班来了，放心吧，低血糖导致的意识障碍经过治疗很快就会醒过来的。"

"他叫什么名字？"我问。

"郑竹。是我老公。"哭泣的女子勉强撑着地面站了起来，她头上戴着一顶小花帽，用来遮住化疗后日渐稀少的头发，她仰起头时，我清晰地看到她的脖子上有一处很大的包块。应该是一位淋巴瘤或白血病的病人，我心想。

"郑竹！郑竹！"我喊着，同时摇晃了两下他的肩膀，没有丝毫反应。人如其名，这是一个瘦削如竹子的男子，年近四十，面颊发红，大汗淋漓，我摸了一下郑先生的额头，发烫。

"正夹着体温计。"林爽会意地说。

我撑开郑先生的眼皮，观察双侧瞳孔，等大正圆，对光反射灵敏；脖子细长，搏动着的颈动脉很突出，颈部触诊气管居中，甲状腺无肿大；解开上衣，身板上的肋骨清晰可见，胸脯一上一下地快速起伏着，心尖部的搏动也显得格外明显，我拿着听诊器在这一根根肋骨间移动着，肺部听诊并没有什么异常，心尖部听到了2~3级的收缩期杂音，心界叩诊时我发现郑先生的心界向左扩大；接下来的腹部查体并没有什么异常发现，触诊肝脾并不大；最后，我卷起郑先生的裤腿，在双下肢踝部一按，两侧都出现了凹陷的小坑，右下肢胫前的一处皮肤有些类似橘皮样的改变。

"38.7℃。"护士取下郑先生腋下的体温计，看了一眼说。

在我查体的时候，急诊科总值班石静也赶来了，一个名字温柔、模样文静的女孩，但性格却是典型的多血质。

"心衰吧？下肢浮肿，心界扩大，还在房颤呢——嘿，病人家属，他以前有心脏病吧？"石静指着躺在平车的郑先生，抬头示意边上哭泣的女子。林爽拽了拽石静的衣角，小声嘀咕："边上那个是住院病人，躺在平车的才是病人家属。"

"反正差不多就是一回事吧，嗯，他以前有什么病？"石静继续追问道，我看了一眼那位女病人的腕带，上面写着：汪佑芬，女，34岁。

"他，我老公他虽然瘦，平时还是很健康的，我和他在北京打工，都怪我不争气，得了那个叫——急性淋巴细胞白血病，要打化疗，这些天他照顾我累着了，天天要闹五、六次肚子，前两天还发烧了，我让他去看病，他不听，光买了些退烧药对付着，今天上午来探视时终于肯听我的话上急诊检查了，医生您看，这是他拿回来的化验结果，我看不懂，只知道上面有很多上下箭头，挺着急的，让他赶快回急诊去看看怎么回事。"汪女士递给我们几张化验单，她说到自己得了白血病的时候一脸的镇定，但一提起丈夫，眼眶中的泪水就开始打转了，"谁知这时候他又闹肚子了，在病房厕所里蹲了好久没出来，我觉得不对劲，打开厕所门一看，他已经晕在地上了，然后我就赶紧喊了你们……"

汪女士又泣不成声了。我们接过她手头的化验单：白细胞明显升高，到了17×10^9/升，中性粒细胞93%，轻度贫血，血色素106克/升；血生化的转氨酶、血清肌酐、心肌酶都轻度升高，当时化验的血糖是3.2毫摩/升，已经是很低了。

"哦，原来刚才从急诊消失的病人就是他呀。化验室回报这些危急值后我们还找了半天病人。"石静一拍脑袋恍然大悟道，她接着连珠炮似地发问，"他吃什么吃坏肚子的呢？化验检查有贫血，他腹泻排出来的大便黑吗？有血吗？他吃了什么退烧药呢？"

"别看他个子小，胃口还是蛮好的，平时都是我给他做饭，一顿能吃两三碗米饭，这几天委屈他了，都在街边小店吃的饭。拉肚子排出来的是黄色的粪渣，没什么血。退烧药就是家里备的药吧，应该叫——泰诺林吧。"

"饭量大，人很消瘦，会不会是糖尿病呢？这几天吃得不好，又腹泻、发热的，造成了低血糖反应。"林爽还是对低血糖现象念念不忘。

"我们要抓住主要矛盾！我觉得现在最麻烦的是心衰，你们看，房颤，心界大，双下肢也肿得明显，这些都指向心衰。至于原因，腹泻、发热的病史，再加上检查发现心肌酶升高，我觉得很可能是病毒性心肌炎！这在我们急诊可不少见。"石静卷起衣袖，双手往腰间一叉，"送到急诊去吧，趁我们抢救室还有一张空床。"

"我能不能和你们一起去？"汪女士咬了咬嘴唇。

"不行啊，你还在住院呢，上午的化疗也才打了一半。"林爽和一旁的护士劝道。

"听你们说的样子，情况看来很严重，我放心不下……要不，各位医生，你们就收他住在病房吧，我就想陪着他。"汪女士的双手紧紧握着丈夫的手臂不放。

"可是……病房现在没有空床呀。"护士说着，扭头看了一眼护士台前的住院病人一览表。

"那……我出院好了，出了院就有床了，我老公住下，我看着他。求求你们，我们一直相依为命，现在他病得这么重，我只想好好看着他……"汪女士说着说着，又禁不住抽泣起来。

"汪女士，我很理解您现在的心情，但出现这种情况按流程我们应该把病人往抢救室送，在那里可以实施最稳妥的治疗。我们这么做也是为了病人好，也是对您负责。"我注视着汪女士的眼睛说道，林爽在一旁使劲地点了点头。

"医生，我也很理解你们。但这些年我和老公一直过得很辛苦，他要是有个三长两短，我也活不了了。这个当口，我真的就想好好看着他，求求你们，等我出院之后，你们就把我老公收进来吧。"她同样注视着我的眼睛，眼睛里透着渴求，门牙紧紧咬住下嘴唇，仿佛就要咬出血来。

难办了，我的心有些触动和挣扎。

为难之际，邻近病室的一个老先生走了出来："医生，要不让病人住在我那屋吧，本来我安排下午出院的，有孩子来接我。看你们都挺为难的，我这就办出院，姑娘你也就别犟着脾气了，我的床留给你丈夫用。"

汪女士对老先生千恩万谢。我们也不再犹豫，对老先生点头致意，推着平车就往房间里送，毕竟，病人还处于不稳定的时期，找到合适的救治环境是施展手脚的第一步。

护士们麻利地把郑先生从平车搬到了病床上，调整好输液和监护仪的摆放位置，林爽拨弄着输液的调节器，把补液速度加到最快，抬头对我说："我们把糖盐输快点儿，低血糖也会纠正得快点，老总，你看心率这么快，我们要不要用点 β 受体阻滞药[1]？"

---

[1] 作用机制是抑制 β 肾上腺素能受体，减慢心率，减弱心肌收缩力，降低心肌耗氧，防止儿茶酚胺对心脏的损害，长期使用能改善左心室和血管的重构及功能。

石静使劲摇了摇头，嘴一撇："嘿，拜托，心衰呀心衰，我们还是稳健一点吧？补液过快会加重心脏负担！还有，心衰来势汹汹的时候使用β受体阻滞药岂不是雪上加霜？"

林爽和石静说起话来都像是机关枪，刚才她们讨论起来时我就没找到合适的空当，现在她们俩的眼睛都盯着我看，似乎在等我拿主意：好吧，看样子也该轮到内科总值班说话了。

"依我看，你们俩说的都各有几分道理。低血糖是板上定钉的事实，但它不是全部，比如它没法解释发热、腹泻和类似心衰的表现。诚然，病人的症状又与心衰很像，但细细想来，却有些不典型的地方，比如肺部没有湿啰音，血氧饱和度也一直很好，也就是说，病人没有左心衰的典型表现。如果把下肢浮肿当作右心衰的表现，那么，在右心衰如此明显的情况下，缺乏左心衰的表现是很少见的。"

林爽低头思考着。石静转了两下眼珠，说："但是心脏肯定有问题，心界扩大、房颤律出现和心肌酶升高，都提示可能存在心肌病变。"

"的确，我同样觉得心脏肯定有问题，但或许它不是根源，我们换个角度想，万一心脏本身也是受害者呢？"我稍作停顿，将思路整理一番，"饭量大，人消瘦，提示基础代谢增高，高热、大汗、心率快、颈动脉搏动强，提示交感神经兴奋，再加上下肢浮肿、腹泻和近期解热镇痛药的使用，你们想到了什么？"

"哦，对！是不是甲亢啊？老总，这双下肢的浮肿应该就是甲亢特有的黏液性水肿吧？排便次数增多也是甲亢的表现。嗯——解热镇痛药可能会诱发甲亢危象！啊，对了，高代谢，再加上近期的进食差和腹泻，低血糖也解释得通了。"林爽说着，伸出手指按了按郑先生的踝部，又是一个凹陷的小坑。

"甲亢危象呀！你这个想法倒挺有意思。"石静瞄了一眼郑先生的脖子，又伸手触摸了一下甲状腺，"但是好像甲状腺并不大，也没有结节呀。"

"所以我们还是抽血检查甲状腺功能，让客观事实来说话吧。"我示意护士过来抽血，又对林爽交代，"一会儿复查血糖，如果血糖正常了，神志还没好转，我们就需要重新梳理一下意识障碍的原因，别忘了甲亢危象本身就可以导致意识障碍。"

护士扎针抽血时，郑先生的手臂回缩了一下，同时他皱了皱眉，我和林爽他们对视了一下：有反应了，好现象！没一会儿，郑先生慢慢清醒了过来，汪女士见状，使劲抓着他的手不放，我告诉她郑先生还需要做进一步的抢救，汪女士才恋恋不舍地放开爱人的手。

郑先生告诉我们他从来没有被诊断过甲亢，但从前就老觉得颈部血管的搏动很明显，这半年来自己越来越瘦，两个月来排便的次数也明显增多了。回答这些问题时他有些费劲，呼吸还是很快，心电监护上的心率一直在140次/

分以上。

"适度加快输液速度,补充血容量,试着物理降温,尽量避免水杨酸制剂退热。我认为现在病人没有心衰或心衰不重,就用上β受体阻滞药吧。还有,追着化验室要甲状腺功能的结果,这很关键,如果确定是甲亢危象,我们需要加上丙硫氧嘧啶抑制甲状腺激素合成,用上碘剂减少甲状腺激素释放,到时候可能还需要用点激素。"正说着,值班手机响起,呼吸科让我去看一个哮喘急性发作的病人,离开前我再三嘱咐林爽:"记住,甲亢危象是危重症!好好盯着病人!"

石静和我一起离开,她打趣道:"真有你的,说得我心服口服!化验结果出来告诉我一声,果真如此的话,我可要好好崇拜一番。"

呼吸科的哮喘病人倒是有惊无险,处理完毕,半小时过去了,值班手机再次响起,我一看是血液科:该是来告诉我甲状腺功能检查结果的吧?

谁知,接起电话时却是林爽惊慌的声音:"老总,快来!现在有两个病人要抢救!化验结果的确是个甲亢,我正准备用药,病人突然心搏呼吸骤停,护士们正在胸外按压!他妻子听到抢救的动静,拔了输液跑了过来,然后她就突发憋气了,现在脸都紫了,血氧饱和度才83%!"

"把石静一起喊过来,看来我们有的忙了!"我再次飞奔开来,感觉自己的心跳如油门踩到底的引擎一般。

几乎是前后脚，我和石静跑到了内科楼2层电梯门前，我们看了一眼显示屏上的数字，又互相看了对方一眼，心照不宣地同时冲进楼梯间。

到了血液科，郑先生床旁围着林爽和两名护士，心肺复苏正在紧张有序地进行中，汪女士那头也有实习医生和一个护士忙乎着捏"皮球"。我和石静身上都充满着肾上腺素带来的亢奋，顾不上喘息，我冲到郑先生跟前，石静则冲向汪女士，迅速地评估病人状态后，几乎是同时，我们齐声喊道："气管插管！"

左手的喉镜置于会厌和舌根处，向前上方施力，暴露声门，右手持气管插管顺着声门口置入，充上气囊，移除喉镜。

"确定一下插管位置！"我刚才的动作真的是"一气呵成"：由于跑得急，我的呼吸很急促，带着我的手臂颤动，于是我在插管之前深吸了一口气，屏住呼吸，直到插管完成我才深深地吐出一口气。我扫了一眼郑先生的心电监护：很好！自主心跳也恢复了！我突然感到左眼镜片上模糊了一块，一抹，原来是额头上滴下的一颗汗珠。

护士从呼吸治疗中心推来了两台呼吸机，林爽握着听诊器在郑先生的胸部移动："位置没问题！自主呼吸也已恢复！"我把呼吸机接上电源，治疗模式设为压力支持，接上气管插管，调整完呼吸参数，对同样满头是汗的林爽说："你盯着生命体征，泵上镇静药，我去看看石静那边怎么样了。"

石静好像遇到了一点麻烦。我过去的时候，看到她正把"皮球"重新扣上汪女士的口鼻，左手小指铆足了劲抬起下颌，右手迅速地挤动几下呼吸器的皮球，汪女士的床头放着一根用过的7.5号①插管，软塌塌的气囊上沾着黏液和血丝。

"困难气道！"石静听到我的脚步声，眼睛一动不动地盯着监护仪，右手有节奏地挤压着皮球，我看着监护仪上的血氧饱和度正从68%挣扎着一点点地往上爬。

急诊科总值班的插管技术自然是好得没话说。我看了一眼平躺在床上的汪女士，颈部隆起的大包块显得很碍眼，硬生生地把正中央的气管挤到了一边。的确是个困难气道！

"这肿块把声门压得只能看到一个小眼！也真邪门，之前说话还不带喘的，怎么现在就成这样了？"石静继续盯着监护仪，血氧饱和度缓缓爬到了85%。

"该不会是溶瘤综合征吧？"我很在意汪女士颈部的那个大包块，急性淋巴细胞白血病形成的实体肿物，如果化疗有效，可以看到肿块的缩小，但如果对治疗反应太过"激烈"，就可能发生溶瘤，造成体内电解质的明显波动，肿块也会像烧化了的蜡块，自身熔化的同时还会黏附压迫

---

① 成人病人气管插管时一般初始选择为7.0或7.5号气管插管。数字越大，气管插管的孔径越大。

周围的组织。很不幸,汪女士脖子的大包块恰恰是紧挨着气管。

"等先过了这关再抽血验证吧。"到了85%后,屏幕上的血氧就不再上升了,"也就只能这样了,拿根6号半的气管插管,我再试一次!"

对于困难气道的病人而言,气管插管是命悬一线的危险赌注,操作过程中病人将得不到氧气供应,因此需要在操作前让病人体内尽可能多地储备氧气,90%的血氧饱和度通常是我们的心理防线。而经历一次失败的气管插管,喉头、声门的充血水肿难以避免,再次插管往往比第一次更为困难凶险。

石静的目光从监护仪的屏幕移开,她拿起护士递来的6.5号插管,看了我一眼,我们都清楚她手上这根导管的分量……

她深吸一口气,移开"皮球",左手握着喉镜从汪女士的右嘴角插入,向前滑,向上提起,她弯着腰,身体几乎贴在床沿,她的眼皮一动不动地撑着,里面射出坚定的目光。然后,她握着插管的右手开始移动。

成败在此一举。我仿佛进入一个无声的世界,突然觉得周围的一切都安静了,眼前只剩下石静手中向前试探着的导管,不好,有阻力!一下,两下,三下……我的心吊到了嗓子眼。

"最后再试一下!"石静咬着牙说,监护仪屏幕上的血氧饱和度又掉到了只剩72%。

稳住，盯紧，向前，导管进去了！

我感觉自己一下子又回到了这个世界，我重新听到监护仪的报警声在我耳边嗡嗡作响。没有半点轻松的感觉，我迅速帮忙打上插管的气囊，石静接上早已准备就绪的呼吸机，我们盯着屏幕，提着一口气看着汪女士的血氧饱和度一点一点地爬到了98%，监护仪的报警声终于老实了下来，伴随汪女士的心跳有节奏地"嘀—嘀—"响着。

石静往床旁的椅子上一坐，双手抱住后脑勺沉默着。我这才感到一种疲惫的感觉从头到脚地袭来，我听到自己心脏蹦蹦跳的声音，跳得很快，或许，从一开始，它就没有慢下来过。

"嘿，你说，她真的是溶瘤了吗？化疗药导致的？"石静缓过神来，双手在胸前交叉放着。

"我们抽血验证一下是不是溶瘤吧。除了化疗药，或许，情绪变化也有作用。"我脑子里开始有种缺氧的感觉，迷迷糊糊地，但又透着飘飘然的轻松。

"情绪变化会有影响？溶瘤的原因里没这一条吧？内科总值班也会说出这么不科学的话！哈哈。"

"谁知道呢？不过，你说郑先生又怎么就心跳骤停了？"

"心跳、呼吸那么快，就好比一个人在不停地跑步，就这么个瘦小的体格，跑上几十公里他还不得死给你看啊？"

"急诊科总值班也有这么怪的理论呀！哈哈。"

林爽突然有些扭捏地跑到我们面前："老总，我突然想起，这两个病人的抢救同意书都还没签呢！他们的家属都在外地呢！怎么办？"

"那又怎样？我们可是救了两条命呢！哈哈。"我也累了，和石静背靠背地挤在一张椅子上。

接下来，我们把郑先生和汪女士安排在一个房间，两台挨在一起的呼吸机照顾着一对不离不弃的夫妻。

"同呼吸共命运。"林爽说出的这句话很耳熟，仔细一想，每逢国庆，各大媒体上都会频繁出现这句话。林爽说话的时候很严肃，听起来没有半点儿玩笑的成分，我们都知道，这是很真实的版本。

后来，汪女士的化验结果提示"三高一低"：高钾，高磷，高尿酸、低钙，是典型的溶瘤综合征，我们给她进行水化和碱化尿液。郑先生那头，则按照甲亢危象的治疗原则稳步进行，奇迹出现了，第二天我去看他的时候，高热已经退去，心跳次数降到了100次/分，他和呼吸机"和平相处"，呼吸频率也缓和了许多，尽管还泵着小剂量的镇静药，他已经自主睁眼了，竹子般瘦削的手把握着身边汪女士的床沿，眼睛深情地望着爱人，眼神里燃烧着一种叫"爱情"的东西。

我想他瘦如竹子的身躯也有着竹子般的坚韧。

交接班时，我和苏巧巧在内科办公室面对面坐着，我呵欠连天，一脸的疲惫，苏巧巧听我说完郑先生和汪女士的故事，也颇有些感动。尽管我们很清楚急性淋巴细胞白血病的预后，我们还是希望奇迹能够出现，命运能够让他们俩长久牵手相伴。

"101和102已经被我用掉了，105和106我可没舍得用，它们养精蓄锐，现在正闲着慌呢。"临走前我对苏巧巧做了个鬼脸，又正好赶上一个呵欠，两种表情扭曲在一起。

"唯恐天下不乱！"苏巧巧没有像以往那样玩笑似地砸来两记拳头，她笑了笑，打开电脑上的音乐播放器，小小的办公室里飘荡起悠扬的钢琴曲，"看你困成这样了，快回去睡觉吧。"

"嗯，国庆快乐！"我又打了一个呵欠。

"国庆快乐！"甜美的声调在钢琴声里游串。

出了医院，街对面东方新银座广场的花坛上摆出了"祖国万岁"的标语和"爱国、创新、包容、厚德"的北京精神，一大群游客排着队在花坛前摆出各种各样的姿势。老婆外出旅游去了，我回去面对的将是一间空荡荡的屋子，于是我伫立在花坛边上，只为感受一番国庆的节日氛围。看了一会儿，我走了，我发现翘首弄姿的鲜花和游客都显得不那么真实。

顺着过街天桥走到地铁站，和过节前短暂的空闲相比，此时的地铁人山人海，夹杂着南腔北调，弥漫着香烟、汗渍和旅行箱的味道，站台视频上播报着"国庆小高峰"和

"高速公路堵车"的消息。

有人说,旅游就是一群人从自己活腻了的地方到另一群人活腻了的地方。

但是,医院里还演绎着其他一些版本的黄金周故事。

我笑了笑,一个呵欠袭来,两种表情又扭曲在了一起。

临床感悟

当你有一把锤子,所有东西看起来都像个钉子

沈一帆　同样一些临床症状,在不同医生的眼中呈现的样子是不同的,由此可能带来疾病的不同诊断,并进一步影响到病人的检查和治疗。这个趋势随着医学分科的细化而变得明显。

米梦妮　内科"博大精深",你只有了解了它的"博大",才能更好地体会它的"精深"。我不赞成过早的专科化,在我们医院,大内科轮转五年才能竞选总住院医生,而后再进入专科,和许多医院相比,这种相对"慢节奏"的临床训练由来已久。老一辈对我们的期待是:首先是一名医生,然后是一名内科医生,再接下来才是一名专科医生。

我	医学大师William Osler说过许多名言,其中有一句话令我印象深刻——"医学是一门不确定的科学和充满可能性的艺术"。了解了这一点,我们也会醒悟:当我们只拎着一把锤子去面对复杂的疾病时,是多么可笑。
苏巧巧	在源远流长的祖国医学中,"异病同治"和"同病异治"也是疾病诊治过程中重要的切入点。掌握了现代医学知识的我们更要学会用开阔的眼界去看待各类疾病。

达摩克利斯之剑

> 我感觉自己就像达摩克利斯，穿上了王袍，戴上了金制的王冠，坐在宴会厅的桌边，桌上摆满了美味佳肴……却忘了天花板上倒悬着一把锋利的宝剑，尖端直指着自己的头顶。

10月8日，晨起上班的人群里还弥散着小长假后的慵懒，路边的清洁工正在打扫折腾过后的痕迹，地铁站又恢复了往昔熟悉的熙熙攘攘，生活转了个圈，回到了原点。

走进办公室，我看到趴在办公桌前的米梦妮，头发有些乱，宛如带着点褶皱的轻纱一般垂到桌面上，听到有人进来的动静，她直起身，用手指捋了捋头发，朝阳从窗口射入，一些如丝般又略带纷乱的额发在额角投下了它的影子，她有些不好意思地抬起头，我注意到她眼角周围的黑眼圈。

沈一帆和苏巧巧随后进门。苏巧巧看到米梦妮，嘴巴张成一个"O"字形，半开玩笑地说："姐姐你真时尚，你化的是烟熏妆吗？"

"把一个人的倦容用化妆来形容，简直是对一个人容貌最好的赞美啊。"沈一帆说着,我和苏巧巧都不厚道地笑出声来:"说说吧,昨晚究竟发生什么事,把梦妮同学折腾成这样了?"

"一天时间,剩下的三台呼吸机,我用掉了两台。"米梦妮的声音透着疲惫,但沙哑得很好听。

"可怜的梦妮同学,太辛苦了!值这么一个班,简直是对女性容貌的摧残,好在你的美貌在'银行'里还有花不完的储蓄。"苏巧巧帮米梦妮整理了一下额前的头发,又抓起她的手抚摸着,"亲爱的,你能撑得住吗?要不你今天的班和我们谁的换一下?"

"还好吧,我也不是那么脆弱的。"米梦妮扑哧一笑,把手抽了回来。

"都怪程君浩,搞什么呼吸机命名,弄得它们在节日期间几乎倾巢出动。有仇报仇,有冤报冤,今天你值班要是遇上什么事,就让程总来帮你搞定!"苏巧巧瞟了我一眼。

"为什么是我呀,我值班那天同样也是用掉了两台呼吸机,忙得不可开交。倒是沈一帆,看着电影,喝着小茶,就轻轻松松地把班值掉了,我还觉得不平衡呢,米梦妮,今天帮忙的人选非沈总莫属!"我指了指沈一帆。

"哎呀,两个大男人,发扬点绅士风度好不好?不妨就这样吧,程总,梦妮今天值班有事就靠你来英雄救美啦;沈总,今天中午请我们在食堂吃顿饭吧。"苏巧巧说完,和米梦妮击了一下掌。

当两个女生睁大了眼睛一眼不眨地腼腆看着你的时候，她们的要求是很难拒绝的，尤其她们还一口一个"×总"地叫你。一爽快，我索性提出上午帮米梦妮拿值班手机，让她休息半天；沈一帆也不甘示弱地说请客怎么能在食堂，要吃就来顿好吃的外卖，让米梦妮也补补身体。沈一帆和我躺着中枪，但脸上还带着笑容。

交完班后，我带着值班手机和一叠会诊申请单出门，沈一帆拿着银行卡去ATM机上取钱，苏巧巧一反往日雷厉风行的作风，在办公室里听了一会儿轻音乐，米梦妮把几张椅子一拼，躺在上面，在音乐声中均匀地呼吸着，没多久就进入了梦乡。

中午聚餐时，米梦妮已缓过神来，黑眼圈消失了，眼睛又恢复了以往的水灵。沈一帆也算是大手笔了一把，在金玉街的"海上小南国"叫了一大桌好吃的外卖，我们有说有笑的，听苏巧巧和米梦妮提起郑先生和汪女士的病情在好转，我高兴得手舞足蹈。

快乐的时间总是匆匆，聚餐后，我把值班手机还给了米梦妮："上午的形势一片大好，下午怎么样，可就看你的运气了。"

"你看沈一帆就比你干脆多了，请了我们一顿大餐，你学着点，帮忙就帮彻底些，梦妮，下午别客气，有事还找程君浩。"苏巧巧埋头擦拭着办公桌上聚餐留下的油渍，斜眼看了我一下。

"不用啦,程君浩已经帮了我大忙了,现在我已经完全缓过来了。"米梦妮像日本小姑娘似地弯腰致谢,搞得我反而不好意思起来,立马拍着胸脯保证说:"别见外,下午要有事尽管喊我好了。"

下午的时光在平静中度过,不知不觉中已经过了下班时间,我的会诊工作也接近收尾,整个下午也没有收到米梦妮的"求救电话"。看来,她下午的日子还过得不错嘛。

不过,她也不是一个会轻易麻烦别人的人。我在最后一个会诊病人的病历上写着会诊意见,脑海中浮现出她微笑的眼角和眼神中时而流露出的倔强。

正想着,我的手机响了,我低头一看,一个陌生的手机号码。唉,不知为什么,最近向我推销保险的骚扰电话特别多,手机铃响到第四声时,我犹豫一下,接了起来,听筒里传出一个颤抖的声音。

"老总,你还在医院吗?"

"在——你是?"

"感染科,21床,你快来!米梦妮遇上麻烦了!"

"什么情况?"

"嘟—嘟—"对方已经把电话挂断了。

我心里咯噔一下,丢下写了一半的会诊记录起身离开,往感染科方向跑去。我心里有些纳闷这位感染科的住院医生是谁,怎么这么慌里慌张的?

推开感染科的大门,我一眼就看到出事的"火情地点"：21床门外的走廊上聚着四五个家属，一个年轻的女子靠着墙根伤心地哭泣，另外几个家属戴着口罩，和年轻女子隔着一米开外，你一言我一语地安慰着她。

21床是个单间，人高马大的住院医生赵俊辉站在门口和一个年纪稍大的家属交代病情，看到我的出现，他眼睛一亮，把手中的口罩和帽子递给我。

"刚才是你打的电话？"我戴着口罩和帽子，心里琢磨着这个赵俊辉平时说话做事还算靠谱，刚才怎么就那么沉不住气。

"是。"他凑在我耳边小声地说，"AIDS！"

这四个字母如同投入湖水的几块小石子，在我的心里掀起一阵涟漪，我吸一口气，下意识地紧了紧口罩，感觉心中的涟漪渐渐平复，于是我推开了21床的房门。

猛然间，我感觉手指发麻，全身的血液在倒流！

米梦妮，站在那位艾滋病病人的床头，左手把握着简易呼吸器的面罩，右手挤压着气囊，她低着头，双眼盯着病人的口鼻，眼皮微动，长长的睫毛也跟着颤动，仿佛蝴蝶扑扇的翅膀，她洁白的白大褂上沾满大片的血迹，听到有人靠近的脚步，她抬起头，雪白的脖子上同样散落着血迹，白色和红色交织着，碰撞着，突兀着……

我看到一朵风霜蹂躏过后的百合花！我听到一种玻璃破碎般心碎的声音！

"病人咯血，我尝试插管失败。"米梦妮口罩后面的嘴唇似乎在尝试笑了笑,"我真笨,到最后还是有事要麻烦你。"

我戴上手套,拿过她手中的简易呼吸器:"快去换件衣服!"

"算了,里面衣服也沾上血了。我帮你拿个护目镜——"或许是我的错觉,我看到米梦妮的眼神里闪过一丝苦笑,她凑近我的耳朵小声告诉我,"刚才一不小心,血溅到了我眼睛里了。"

"那你还不快去院感办,领阻断病毒的药!"我压低声音小声地说,声音有些颤抖,带着几分吃惊、责备和愤怒。

"我留下来帮你,等你插完管我就去。"米梦妮帮我戴上护目镜,语气很坚定。

怎么有如此不爱惜自己的女孩?我感觉自己心里窝着一团火,透过护目镜,我看着眼前的这位女孩:她柔柔弱弱地在一旁站着,一双大眼睛无辜地睁着,眼底清澈得像平静的湖水。

"等你做完,我就走。"她又重复了一遍。

我不再说什么,这时候,所有的语言都是无力的。我低头看了看眼前的病人,三十来岁的年纪,瘦巴巴的脸,颧骨突出,面颊上排布着一些红色的小斑疹,周围有些白晕,头发染成棕红色,左耳垂穿了个耳环,他的眼睛睁得圆圆的,目光中流露出恐惧,大概是瘦得厉害,眼睛大得突兀。透过面罩,我看到他的嘴角和鼻孔周围都沾满了血迹。我继续捏着"皮球",看了一眼床头的监护:心率118次/分,血压98/56毫米汞柱,血氧饱和度91%。

"5毫克咪达唑仑①!吸引器准备!气管插管!"我心里想着速战速决,好让米梦妮早点吃上预防用药,反正现在的血氧饱和度对插管而言也算凑合。

护士推注完咪达唑仑,病人圆睁着的双眼稍稍闭合了一些,呼吸也缓和了一些,我把面罩移开,举起喉镜从右嘴角切入,前进到一半,被紧紧地咬住了,我一较劲,病人的眼睛再度圆睁开来,把喉镜咬得更紧了。

"再推5毫克咪达唑仑!"我喊道,护士再次举起了注射器。

"孙尤嘉,放松些,我们知道这很痛苦,但插完管子你呼吸就顺畅了,等你病好了,我们就会把插管拔掉的。"米梦妮左手握着那位叫孙尤嘉的艾滋病病人的手,俯身靠近他,右手抚摸了几下他的额头。

不知是咪达唑仑的镇静作用,还是米梦妮圣母般的魔力,我感觉手中被紧咬着的喉镜一下子松开了,我趁势将喉镜使劲地移向会厌,在喉镜的射灯下,我看到软腭和舌苔上白乎乎的鹅口疮,这是艾滋病病人口腔真菌感染的典型表现,沿着鹅口疮和斑驳血迹交错的轨迹,我把喉镜探到了会厌根部。

---

① 安定类药物,一种镇静药。

轻轻一挑，孙先生使劲地咳嗽开来，带动着身体挣扎着，一团血块随着涌动的血液冲刷到他的喉部，我拾起吸引器伸向舌根拼命吸引着，血团堵在吸管入口，顷刻碎开，吸管的管腔里血糊糊地一片。

喉镜和吸引器又被孙先生死死咬紧了！我生怕一使劲就把他的牙齿翘掉。

"准备司可林！"我一咬牙说道。

这是一种肌松药，注射后1分钟，肌肉的松弛作用将会从颈部肌肉开始，逐渐波及肩胛，腹部和四肢，乃至呼吸肌，到时候孙先生自然会把喉镜和吸引器松开，我可以趁机完成气管插管。

"不行！现在他还很清醒，如果镇静不足就给肌松药的话，他会很难受的！"米梦妮喊道。

我想象得出这种感觉：你十分清楚周围发生的一切，你可以体会所有的痛苦，你想挣扎，但动不了，你想喊，但自己的嘴不听使唤，你想呼吸，但你好像置身于真空之中，你感觉自己活着，又觉得自己已经死了……这种感觉——有此体验过的人说——叫做生不如死。

但我已经顾不上那么多，我只想尽快解决这一切：我看到孙先生的血氧饱和度在下降！再不快一点插管，恐怕就有生命危险！同时，我也恨不得让这一切快点结束，好让米梦妮尽快用上阻断病毒的药物！

米梦妮阻止了准备推注肌松药的护士，她的左手被孙先生拽得很紧,她用右手轻轻拍着孙先生的肩膀,她在轻轻地对他说着话。

我听不清她说的话,也压根不想听她说了什么,我两眼直勾勾盯着心电监护上的血氧饱和度,心里有几分赌气,几分埋怨。

突然,我感觉手中的喉镜松动了一下,我以为是错觉,低头一看,孙先生正慢慢地把嘴松开,他的眼睛看着米梦妮,眼角有一些晶莹的东西在闪动。

我迅速地调整好喉镜位置,右手拿着吸引器一阵猛吸,会厌部的视野总算清晰了,挑开会厌,手持气管插管插入声门,打上气囊,固定……这些都是我早已熟练的动作。

米梦妮把一旁备着的呼吸机挪过来,调整上面的参数设置,小心翼翼地把呼吸机和气管插管对接,干完这些事情,她抬起头,看着监护仪上稳定上升的血氧饱和度,轻轻把手套脱了,双手放在胸前慢慢地搓揉,我很清晰地看到她白皙的手背上被捏出了几道深深的指印。一瞬间,我有种想把这双手捧在自己手心的感觉。

病房的门被推开,值班医生赵俊辉举着手里的CT片走了进来:"我和家属交代完病情了,他们倒是挺配合的,刚拍的CT也取回来了,两位老总,你们看这是不是PCP?"

PCP,也就是卡氏肺孢子虫肺炎,是艾滋病病人常见的机会性感染之一。在免疫力正常的人体,免疫系统能轻而易举地将其消灭,而艾滋病病人免疫力低下,寄生于肺泡的卡氏肺孢子虫就会借机肆虐，疯狂生长，使得小小的肺泡腔内塞满了虫体，炎性细胞和蛋白样渗出物，阻碍气体交换，产生气促、进行性呼吸困难乃至呼吸衰竭。

我接过赵俊辉递来的CT片，迅速扫了几眼：整个肺部影像如同蒙了一层磨砂玻璃，有散在分布的实变影和小叶间隔增宽。是的，应该没错，就是PCP了。

"使用磺胺[①]，同时给上甲泼尼龙[②]40毫克，12小时1次。"我叮嘱完赵俊辉，对米梦妮使了个眼色，意思是：现在你该去吃药了吧？

"从片子上看，应该存在PCP，但PCP基本不会咯血的。"米梦妮眼睛注视着我手头的CT片，她指着其中一个层面说，"你看这里是什么？"

那是肺门边上的一处实变影，个头不大，形状像一团燃烧的火焰，又像是一摊被砸在墙皮上的泥巴，米梦妮弯曲着手指，目光在CT片上缓缓搜寻着："你看，这里还有一个！"

"也许合并了其他感染吧。"我的心思并不在这张CT片子上，看着米梦妮认真的样子，简直令人气不往一处打：米梦妮呀米梦妮，你有空关心一下自己好不好？

"刚才插管的时候，你也看到孙先生的口腔黏膜白斑了吧？你说肺部会不会同时存在真菌感染呀？真菌的侵袭性

[①] PCP治疗的一种有效药物。
[②] 糖皮质激素的一种，在PCP治疗初期的用法是40毫克，每12小时1次。

比较强,如果菌丝往肺部血管里生长,就可以造成咯血的。但是,这个肺部CT不是很像真菌感染的样子……"米梦妮睁着大眼睛看着我,一本正经地分析。

"好的,我们再加上抗真菌的药物,就用卡泊芬净①吧,这样稳妥些,有备无患。"我想要迅速结束这段对话,脱了手套,摘掉口罩帽子,摊开双手看着米梦妮,她的眉间还有些犹豫,但似乎也有了离开的意思,她挪动着脚步往门的方向靠了靠。在一旁的赵俊辉忙着在笔记本上记录我们提到的那几种药。

临走前,米梦妮盯着监护仪看了一小会儿,冷不丁又冒出一句:"血压比刚才低了一点,你说我们要不要放置一根深静脉置管备着?"

我终于忍耐不住,心里的积怨开始爆发:"气管插管后用上镇静药,血压当然会有所下降,现在他离休克还远着呢!倒是你,看看自己衣服上溅了多少血,也不快点去换!还有你的眼——"米梦妮赶紧竖起右手食指放在嘴前,轻轻地摇了摇头,我突然意识到这个屋子里除了我,其他人可能都还不知道她眼睛的遭遇。

"老总,后面的事情交给我吧,真要是生命体征不稳定了,我来处理,我以前学过股静脉置管的。"赵俊辉反倒被我吓了一跳,像干了什么错事似的,他小心翼翼地说,他

---

① 一种抗真菌药物,对多种致病性曲霉菌属和念珠菌属真菌具有抗菌活性。

接着松了松孙先生的裤子,应该是想查看一下大腿根部股静脉的置管条件。突然,他"啊"一声把手缩了回来。

"这是什么?"

孙先生的右侧大腿肿得很大,和细瘦的左腿并列在一起,显得格外不协调,右腿内侧有一些突起的小结节,微红的、肉色的,还有些发紫的,大小不一,整齐地排成一列"串珠",这些"串珠"周围还有一些红色的斑疹,周围有些白晕,斑疹的样子有些眼熟,我好像在哪里见过。

"这些斑疹,是不是和他脸上的那些很像?"米梦妮凑近看了看。

一语惊醒梦中人,我比较一番孙先生腿部和脸上的皮疹,虽然大小不一,但形态如出一辙。艾滋病,皮疹,结节,PCP,咯血……一个念想在我的脑海产生,挥之不去,我重新拿起CT片看了一小会,脱口而出:"卡波西肉瘤!"

卡波西肉瘤是一种软组织多发性色素性血管肉瘤,是艾滋病最常见的原发肿瘤之一,可以累及皮肤和内脏器官,肺脏受累时在CT上的表现就像一团"火焰",现在这团"火焰"燃烧了血管,诱发咯血,加重了呼吸困难。

"卡波西肉瘤?"米梦妮小声地重复我的话,"但这个在汉族人中发病率很低。"她又仔细审视一番皮疹、结节和胸部CT,语气中带着几分伤感,"不过……或许你是对的。"

我听得出从米梦妮口中说出的伤感,我也理解这份伤感的来源：卡波西肉瘤累及脏器时，往往需要化疗，化疗是一个剥夺免疫功能的过程，很可能会让PCP的感染失控。但如果不采取化疗，照这个肿瘤的发展趋势，结局必然是——死亡。

治，可能死于感染；不治，无异于等死。进退两难。

"嗯，很可能我是错的，毕竟我也从来没见过卡波西肉瘤，或许那只是普通的感染罢了。"我的语气中带着安慰，或者说我想凭空制造出一点希望，打破眼前这有些沉闷的氛围，"即便是卡波西肉瘤，我们今晚也无从验证，更无法做些什么，不管怎么样，今晚能做的就只是用上磺胺和卡泊芬净了。"

"尽管没见过，但他的CT表现就和教科书里写的一模一样。"米梦妮轻轻摇了摇头，目光从CT片子上慢慢移开，叹了口气，又盯着监护仪看了一小会儿，"血压又比刚才好些了，看来深静脉置管暂时是用不到的。"

眼前的事情暂告一段落，我们推开房门，准备向家属们交代病情。当白大衣上沾满血迹的米梦妮出现在他们面前时，家属们先是一愣，而后迅速地后退两三步，年纪稍大的那个家属似乎感到有些失态，又往前挪了一小步，和米梦妮保持着接近一米的距离。我心里觉得好笑，又感到彻心的悲凉：或许在这场拯救生命的战斗中，从一开始，就不会诞生什么英雄。

米梦妮察觉到眼前尴尬的气氛，她沉默不语。我上前向家属们交代病情,没有开场白,直奔主题和重点,尽量说得简单,我告诉他们现在面临的困境和选择,交代亲密接触者们去筛查一下艾滋病毒(HIV)……他们中有的人很平静,似乎早就料到了这一天,有的人则哭成了一团,那位母亲样子的家属如祥林嫂般诉说着自己的孩子有多优秀,米梦妮想上前安慰几句,她慌慌张张地后退几步避开了。

似乎就过了一会儿,又似乎过了很久,我和米梦妮离开了,我在前面走着,她在后面跟着,一路无语,就这样,我们走到了院感办。

填写完一张复杂的事情经过描述,抽取了一份血样标本,米梦妮拿到了三种药:茚地那韦、拉米夫定和齐多夫定。院感办工作人员交代米梦妮连续服药4周,从今天算起,1个月、3个月、半年和1年时都需要抽血复查。整个过程,米梦妮一声不吭,只是很顺从地在点头。

"唉,程君浩,接下来的1个月,我成了要天天吃药的病人了。你知道吗?在我上医学院的时候,曾经担心过万一有一天在工作时不幸发生感染怎么办,没想到今天,这个担心变成了现实。"迈出院感办的门,米梦妮双手掩面,终于冒出了一句话。

"嗯……放心,吉人自有天相,你不会有事的。"

"我感觉自己就像达摩克利斯,穿上了王袍,戴上金制的王冠,坐在宴会厅的桌边,桌上摆满了美味佳肴。鲜花、美酒、稀有的香水，动人的乐曲，应有尽有，我一直沉浸在幻想中，误以为自己是世界上最幸福最有权力的人，却忘记了天花板上倒悬着一把锋利的宝剑，尖端直指着自己的头顶。程君浩，你知道吗？我太喜欢当医生了，我喜欢这种和疾病搏斗的感觉，我喜欢这种充满抉择和成就感的生活，我喜欢和你们这些聪明人在一起，我享受当医生的一切……可是我，今天，真的被达摩克利斯之剑给伤到了……"米梦妮一口气说了许多，突然埋下头蹲下，声音有些哽咽。

我的舌头打结了，我不知道自己能说些什么，我把手放上她的肩头，她的肩膀在微微颤抖着，让我联想起小时候在家乡看到的暴风雨过后躲在枝头发颤的一只小鸟。我任由她哽咽着。

"谢谢你听我说了这么多。你还能帮我个忙吗？"过了一会儿，米梦妮缓缓站了起来，抬起头看着我。

"好的。"

"答应我，这件事不要告诉任何人，沈一帆和苏巧巧也不要知道。"

"嗯……"

"还有另一个忙。"

"说吧。"

"再帮我拿一会儿值班手机，我去洗澡换件衣服。"

"没问题。"

米梦妮淡淡地笑了笑，深吸一口气，闭上眼睛慢慢呼出，好像在了却一桩心事。她去了女生宿舍的澡堂，我在内科办公室里等待她的时候，突然回忆起之前和她一起轮转过心脏内科监护室的时候，急诊送来一个心肺复苏后脑功能障碍的病人，每天就这么吹着呼吸机，一动不动地躺在病床上，几乎所有人都对他的脑功能恢复不抱任何希望，值班时，巡视到他的房间，我也就是看一眼监护，然后记录下生命体征了事，而米梦妮竟然每天都到这位病人跟前对他说话，帮他按摩一会儿手脚……2个月后，我和米梦妮都转到别的科去了，病人的状态最终也没有改善，我嘲笑米梦妮做的只是无用功，她当时也只是淡淡一笑，这个笑容和她刚才的那个笑容像极了。

正在恍惚间，米梦妮洗完澡回来了，她换上了别人的衣服，略有些宽松，但仍勾勒出她玲珑的曲线，头发还有些湿，侧面有几缕青丝贴在面颊上，她脸上挂着微笑，眼睛有些红肿，我猜她在洗澡时哭过。

我夸她很美，夸她笑起来很漂亮。

"洗完澡心情就舒畅多了，今天真是麻烦你，帮了我这么多忙！"分别时她对我说。

接下来的第一周，米梦妮还是每天这么微笑着，好像什么事都没发生过一样。我从没见过她吃药的时候，但我知道她一定是暗地里吃了，因为这几天她频繁地出现头痛和恶心——那应该是齐多夫定的副作用。

有一天交班后，她忍耐不住撑着水池干呕，满脸憋得通红。

"梦妮，你该不会是早孕反应吧？"苏巧巧上前拍着米梦妮的背，话语中一半是关切，一半是玩笑。

米梦妮大口喘了几口气，半天才缓过劲来："我们分手了。"

"什么？分手？不会是他说的吧？真是瞎了眼了，遇到你是他八辈子的福气！这男人也太不可靠了！"苏巧巧义愤填膺地骂了几句，"梦妮，话说回来，他是有什么你看不上的地方吧？没错，你绝对能遇到更好的！"

米梦妮靠在墙上，不说话，只是慢慢地摇了摇头，脸上仍挂着微笑。

米梦妮私下里告诉我说分手是她主动提出的。她说这完全怨不得对方，换谁恐怕都难以接受这时候的她。

不幸的事总是接二连三。又过了两天，医务处突然打电话给我，说我被病人家属告了。

"什么！？"我吃了一惊，实在想不起最近我犯了什么事。

"你还记得国庆节期间你抢救的那对夫妇吗？一个甲亢危象，一个白血病化疗的，病人家属要告你未签同意书就进行气管插管了。"

"……病人死了？"

"病人治好了，但没钱支付医药费。不知听了谁的主意，刚才闹到医务处来了。你先别担心，我们医务处是向着你的。你还和平常一样工作,只是要多留一个心眼。"

"这真是……狼心狗肺!"我咬牙说道,脑海里浮现出《农夫与蛇》的故事。

生活还在继续,我们还在沿着固定的工作轨迹在会诊、值班、抢救……我们总是沉迷于自己的事业,享受这份工作的气息,时而忘记了悬在头顶上的达摩克利斯之剑。

 临床感悟

"职业暴露"和"自我防护"

苏巧巧　据研究[1],针刺或接触污染血液而感染HIV的概率约为0.3%;如暴露于含乙肝病毒(HBV)的血液或体液,感染概率为6%~30%,如果病人乙肝e抗原阳性,其感染概率约为27%~43%;因丙肝病毒(HCV)污染的锐器而感染的概率为1.8%。

米梦妮　作为医护人员,对感染病人不应持双重标准,需保障他们同等的就医权,甚至付出更多关心。自我防护应从自身做起,小心驶得万年船。进行临床操作时应规范、谨慎,即便你是老手、高手,也应该"把每一次操作当成自己的第一次操作"来对待。防范于未然，是面对职业暴露的首要态度。另外，还有一个深刻的教训是：要认真履行医院制定的值班制度，不应随意调整，不应超过24小时连续值班，不应盲目相信自己的能力和体力，超负荷工作状态下进行医学操作，对病人和对自己，都是不负责任的。

沈一帆　职业暴露的自我保护重在意识。记住：并非被确诊的病人才具有传染性，血液中未检测到病原体的个体并不能排除传染性，比如病人处于潜伏期或窗口期。

我　如果不幸发生职业暴露，除了紧急处理和药物预防外，还应关注职业暴露者的心理康复。医院应建立保密制度，尊重员工意愿，做好保密措施，对员工提供心理疏导和支持。

[1] 中华护理杂志，2002, 37（8）：633-634

灵魂的重量

> 父母亲吻孩子的额头后,退出病理科的大门,他们互相搀扶着的身影最终消失在长廊的拐角。我们和病理科的医生们一起,对着这个背影再次深深地鞠了个躬。

这些天,米梦妮看来是逐渐适应了抗病毒药物,她恶心呕吐的症状减轻了不少,但脸也瘦了一圈,相形之下,眼睛显得更大了一些,尽管她见到我们还总是一副笑眯眯的样子,但她清明的眼中偶尔还浮现出忧愁的暗影。有一天,内科办公室里没有别人的时候,我看到她一个人静悄悄地对着窗外站着,全然没有注意到我推门而入的声音,她穿着白大衣,像一株孤立在原野中,修长、秀美而又伤感的小白桦。

女生的心思是细腻的,苏巧巧显然已经察觉到米梦妮的变化,她常常一有空就陪着米梦妮,早晨交班后,她走得不那么早了,往往是在办公室里坐着陪米梦妮聊一会儿天,听上一会儿轻音乐。两个女生聊天时,男生在场是一件挺自讨没趣的事情,于是,每天交完班就立马出门干活的变成了我和沈一帆。我看得出两位女生聊天时，米梦妮似乎很开心，有一天，苏巧巧神秘地在米梦妮的耳边讲了几句悄悄话，米梦妮兴奋地嗖地一下从椅子上站了起来，眼睛晶莹得像露珠——我好久没见到她这幅神情了。

苏巧巧开始每天中午陪着米梦妮一起吃饭，她们喜欢把饭带到内科办公室，同样是聊些女生之间的话题吧，苏巧巧还很直率地"建议"我和沈一帆在食堂吃完饭再回来。沈一帆感叹说，原本以为苏巧巧改变午餐习惯后，中午吃饭时可以与两个美女共进午餐，结果反而变成了一个都没有了。

但不管怎么说，眼见着米梦妮的心情一天天地开朗起来——这就足够了。

总住院医生们生活和工作习惯的改变似乎也让大家值班的"运气"转变了，沈一帆变得忙碌，值班总赶上抢救，下夜班的时候开始呵欠连天，他的New Balance鞋在柜子里已经沉睡了2周，而我的上一个夜班居然一觉睡到了天明，第二天醒来时我吓了一跳，以为是自己睡得太沉没听到值班手机的声音，检查了一通，在确定手机不是没电不是没信号也没有未接电话后，我暗自窃喜。苏巧巧说这就叫"风水轮流转"，我把它解释为"正态分布"和"回归定律"。

其实都是一个意思：人总有"点背"的时候。但这些"点背"的时间片断也是弥足珍贵的，它们通常蕴藏着总住院医生的价值和成长足迹。

这天早晨交班,走进办公室,我看到最近一直"点背"的沈一帆坐在电脑前,背微微弯着,充满血丝的眼睛在一脸的疲惫中强打精神,电脑屏幕上是PubMed[①]的界面。

"忙了一晚上?"我问。

"嗯。"沈一帆的眼睛没有从屏幕上移开,双手在键盘上飞快地输入一个新的搜索关键词,"啪"一声按下回车,看上一会儿,然后轻轻地摇摇头,自言自语道,"也不像是这个。"

"我来了之后就一直看他重复这些动作,不用理他。"坐在一旁的苏巧巧冲我眨了眨眼,笑了笑。

米梦妮悄悄地冲了一杯咖啡,放在沈一帆的电脑边上。

沈一帆似乎完全没有注意到飘香的热咖啡,他又重复了两遍"敲键盘—按回车—摇头"的动作,然后看了一眼墙上的挂钟,使劲挠了两下脑袋:"昨晚去世一个病人,抢救失败,直到现在我还理不出个所以然。待会儿我又要愧对兰教授了……"

时钟指向八点,兰教授准时迈入内科办公室,沈一帆轻咳两声,一本正经地掩盖心中的慌乱,开始讲述自己的值班经历:

神经科从急诊收治一名21岁的男性病人张迪,大学生,

[①] 医学、生命科学领域的数据库。

平时身体健康，身材高大，手长脚长，在学校里是篮球队长，两天前和朋友们外出登山，风很大，在山顶时不幸"着凉"了，包车回学校的路上说自己头痛，朋友们触摸他的额头觉得是有些发烫，但大家都认为不过是个普通感冒而已，加上他身体底子好，更加没有在意。张迪一路上沉默不语，后来竟然仰在座位上"睡着"了，朋友们还打趣说他睡相不佳，这么大的人了睡觉了还流口水。快到学校时，汽车一个急刹车，张迪的身体晃荡一下跌到车厢过道，朋友们这才发现他已经神志不清了，慌忙之中有人通知了张迪父母，改道将他送到了医院急诊，神经科医生会诊后立刻把他收住院。

收住院时张迪的体温38.7℃，血压120/75毫米汞柱，心率124次/分，呼吸24次/分，神志恍惚，口腔里一阵阵地流出小股的口水，四肢肌肉微微颤抖着，查体发现颈项稍强直，四肢肌力减低，肌张力略增强，生理反射亢进，病理反射未引出。神经科很快安排了头颅CT检查和腰椎穿刺，遗憾的是，检查的结果都没有明显的异常，仅仅在腰椎穿刺时发现脑脊液压力150毫米水柱，也就是稍高了一些。

神经科医生按照"病毒性脑炎"治疗，使用了抗病毒治疗，针对轻度升高的脑脊液压力加用了甘露醇[①]脱水。但张迪的病情急转直下，住院第二天出现腹胀和尿潴留，接

[①] 组织脱水药，有助于降低升高的颅内压。

下来心率、血压缓慢下降，第二天下午开始使用血管活性药维持心跳和血压，紧接着呼吸频率也逐渐下降，第二天晚上就进行了气管插管，使用呼吸机辅助通气。这个过程，就好像张迪的病床边上站着个死神，狞笑着，高举着镰刀，正一点一点地割断他的生命线。

昨晚是沈一帆的夜班，前半夜过得倒还平稳。清晨5点，神经科突然呼救：张迪的心跳呼吸骤停！沈一帆很卖力地抢救，胸外按压了近50分钟，推注了6、7支肾上腺素，无奈张迪的心脏仿佛已被死神牢牢地拽在手中不放，就是没有半点响应。宣布死亡后，沈一帆关闭了还在"兢兢业业"地做着无用功的呼吸机，拔除了气管插管，然后默默地坐在床沿上：同样的动作他已经做过很多次了，但这一次他明显感觉到自己拔除气管插管的双手如同第一次时那样在微微颤抖。

"在这条年轻鲜活的生命面前，我狼狈到无能为力！我完全搞不懂什么病能够进展如此之迅猛，短短两天工夫夺走了一个人的大好年华！"沈一帆的语气充满了懊恼和自责。

米梦妮、苏巧巧和我同样是有些瞠目结舌，尽管我们目睹过不少逝去的生命，但在死因上终归能找到一些理由和线索，像这种离奇死亡的的确少见。我们把目光转向兰教授。

"都难倒了是吧？"兰教授逐一审视着我们的目光，"说实在话，我也没有什么想法。你们都是聪明人，不妨头脑风暴一下吧。沈一帆，你先说说自己的分析。"

"我倾向于急性病毒性脑炎或者是急性古兰-巴雷综合征，但两者都不能完美地解释整个病程。虽然这两种疾病也可以很急很重，可以令人神志异常、四肢瘫痪甚至影响到呼吸运动，但终归会给我们医生一点反应和处理的时间，而不像张迪的命运这样如自由落体般地坠向死亡。"沈一帆不甘心地咬了咬下嘴唇。

米梦妮眨巴几下眼睛，第二个发言："我担心有没有脑血管病变，凭感觉首先考虑先天性脑血管畸形瘤破裂，'外出吹风'可能就是诱因，昏迷、生命体征不稳定，考虑小脑或脑干出血，虽然张迪第一时间就拍了头颅CT排除了出血，但我总觉得不甘心，心里总是惦记着是不是漏过了出血的层面？"

"我们的讨论也不要总围绕着脑子，毕竟，心跳呼吸骤停的首要原因是心血管事件。我有一个相对荒唐的想法，听沈一帆说张迪平时在学校是个篮球运动员，个子高，手脚长，这会不会是马方综合征造成的现象呢？马方综合征病人的很大一部分死因是主动脉瘤破裂，如果是主动脉瘤破裂引起的死亡，抢救时按压或肾上腺素没有反应是完全有可能的。"说完我微微摇了摇头，我承认自己的想法有点天马行空。

"会不会是中毒？张迪一同外出的朋友有没有类似的

头痛不适?张迪会不会独自一人去了什么地方,吸入了有毒气体或者吃了什么有毒的果实?我希望再仔细询问病史,如果之前抽血做过毒物筛查自然更好。"苏巧巧紧随其后说道。

"很好,四个总值班,四种迥然不同的想法。看来我们的头脑风暴颇有成效。"兰教授望着我们,抬了抬眼镜,"但这些想法归根到底不过是猜测,如果不做点什么的话,它们无从证实,也无从证伪。我希望你们和我一起干一件事情。"

"什么?"我们异口同声。

"和我一起去见一下家属,谈尸体解剖。"兰教授语气平淡,但透着不可抗拒的沉稳的力量。

我不知道自己脸上的表情是不是显得有些夸张,总之我看到另外三个总值班的脸上都写满了"吃惊",沈一帆本来举起电脑边上的杯子打算喝一口咖啡,但他举起的手僵在了半空中。

当今医学朝着多个方向迅猛发展,诊疗技术日新月异,病理学也进入了以分子病理学、免疫组织化学、电镜技术应用等分支学科为标志的全新时代,而传统意义上的尸体解剖却出现了戏剧性的全球性低谷。然而,现代科学技术赐予医学的"千里眼"仍不足以将疾病的一切"尽收眼底",我们间或在不明不白中"失去"我们的病人,我们在惋惜中猜测,在猜测中惋惜,常常忽略了尸检这个反映疾病最真实最直接的手段。

其实也不完全是忽略，更多地时候，我们和病人家属一样不愿意去面对。死者已矣，入土为安，身体发肤尚受之父母，再做尸体解剖似乎极不人道，而面对刚刚枯萎的生命之花，张迪父母的心一定正在滴血，在我看来，"尸检"二字对他们而言无异于在心头再插上一把匕首。

在现今中国的医疗环境下，谁也不愿意"惹事"，我们用"善良"的想法将谈尸检这件事加以包装，慢慢地变成了一种习惯，最后它俨然就变成了一纸形式。

"既然死亡是任何人也逃避不了的'铁律'，我们需要正视死亡和善待死亡。如果医生对尸检都畏手畏脚，对离奇的死亡不加以思考和总结，那么下次发生同样的情况之时，他仍然守不住生命。对于病人而言，尸检是人生旅途的最后总结，是人生大书的最后题跋，它实际上维护了人的尊严和生命的权利。我们既然竭尽全力也没能给病人生的希望，就不要再给病人和家属留下死的遗憾。"兰教授看出我们的犹豫，缓缓地对我们说，然后，她收拾桌面上的东西，起身出门。

这些大道理我们未尝不懂。然而，理想被现实所打磨，处事也变得圆滑。即便我们的内心是一团火，生活为你准备的往往是一盆冷水。眼见到兰教授不容分说地出门了，我们也只能紧跟着，但我的心里暗自琢磨即便是兰教授出马，恐怕也会是碰一鼻子灰。

张迪的遗体已经被送往太平间。我们尾随兰教授的脚步踏上通往地下室的楼梯。说实话，工作这么多年，太平间所在的楼层我还从未去过，此番前往，并没有什么阴森可怕的感觉，楼道里亮着暖色光的灯，楼梯边的扶手擦得铮亮。这是个少有人迹的地方，我们行走的脚步很轻，但声声入耳，随着楼层的下降，周围的空气充满了肃穆和凝重，我们看到了楼道尽头太平间的大门，那里阻隔了太多的生死和数不清的情愫。

太平间门外是等候厅，沙发上坐着一对中年夫妇，妻子一脸的憔悴，头发有些乱，脑袋斜倚在丈夫的肩膀，丈夫的手臂搂着她的肩膀，目光空洞地看向前方，脸上的表情很肃穆。他们面前的茶几上朴素地摆着一盆白色的小花。沈一帆告诉我们，他们就是张迪的父母。

兰教授放慢了脚步，带着我们继续往前走。我突然觉得浑身不自在，脸上的肌肉仿佛要抽动，短短十几步的距离，我每走一步都听到自己心跳的声音，我悄悄看了一眼其他三个总值班，他们和我一样，头微微低着，眼睛飘渺地扫着四周。

当我们几个出现在那位中年男子空洞的视野中，过了好几秒，他才把视线聚焦在我们身上，他轻轻晃了晃倚在肩头的妻子，两个人直起身来，对着沈一帆轻轻鞠躬，感谢他为抢救自己孩子所做出的努力。沈一帆很尴尬地接受着。

我心里一颤，我不能想象这种白发人送黑发人的悲哀，也不敢去触动他们此时脆弱的神经,我的脑中呈现着一幅画面:一对温文尔雅的夫妻听说"尸检"二字后咆哮地喝退我们,或者用鄙夷不屑的目光打量我们这群没有能力挽救他们孩子生命的医生们。这是我所不愿意看到的,我看了一眼兰教授,几乎要说出口:兰教授,要不我们回去吧?

然而已经晚了。兰教授主动上前和张迪的父母说话,她先是做了自我介绍,然后安慰了张迪的父母,言语中充满对年轻生命逝去的惋惜,慢慢地她又委婉地转折到自己作为医生的理想……她说的话在我耳边滤过,的确是自然、真诚和温暖,但我全然不记得她说了些什么,我只觉得心里有一万只蚂蚁在爬动,我的耳朵只等着搜索即将从她口里蹦出的"尸检"两个字。

"……我们想善待生命——每个人的生命,我们想解开未知,扫清医学道路上的荆棘,哪怕只是一点点。我们对你们孩子的去世深表遗憾,但在力所能及的范围内,这份遗憾,我们不想因为我们的无知和不解,在将来的行医过程中带给别的家庭。相信我,我理解你们的心情,现在提出来真的很残忍:孩子生前未能诊断的疾病,我们可以在孩子的遗体上找到答案,而这个答案将来或许会帮助到更多的人。"兰教授说完后,俯身九十度对着张迪的父母深深鞠了个躬。

"你的意思是——尸检?"那位中年男子慢吞吞地吐出这几个字,我把头一缩,只等着听他下一句的咆哮。

但是他没有。他的手在胸口的口袋摸了一阵，慢腾腾地掏出一根烟，他拿烟的手在不停地颤抖，我的目光不自觉地跟着这只手移动，突然他颤抖的幅度猛然大了一下，香烟被折出一个钝角，他说："我可以抽支烟吗？"

我们点了点头。他身边的女人一声不吭，眼睛看了看我们，然后盯着丈夫。

他点烟的手同样是颤抖的，打火机拨弄了好几次，总算是点着烟了，他深深地吸了一口烟，烟头烧得通红，映得茶几上的小白花分外惨白。

他吐出口中的烟圈，泪水盈满了眼眶："儿子已经走了，做什么也回不来了……"

他停了下来，哽咽着说不出话，他的手还在发抖，手上香烟的折痕更加明显了，他的爱人双手使劲地握在这个男人的手臂上。

周围的空气凝成一团，只有吐出来的烟圈在不识趣地摇曳着。

"你们知道吗？我们儿子从小想当个医生，他考大学的第一志愿其实就是熙和医科大学，但差了几分，调剂到别的系去了。治病救人，是孩子的愿望，他生前没能实现，但是……如果孩子的身体对你们的医学有帮助，将来可能帮到别人，我想孩子会答应的。"男人把手中的香烟折成一个直角，在茶几的烟灰缸里慢慢地掐灭，他缓缓直起身来，把身边的女人搂在怀里，然后我们听到了女人低声的呜咽。

完全是自发的行动，我们齐刷刷地鞠下了躬，弯腰很使劲，鞠躬的时间也很久，我觉得鼻子发酸，有一种眼泪涌动的冲动。

于是，我们和这对夫妇护送着张迪的遗体到了病理科，他躺在解剖台上，脸上的表情很安详，张迪的父母亲吻孩子的额头后，迈出病理科的大门，他们互相搀扶着的身影最终消失在长廊的拐角。我们和病理科的医生们一起，对着这个背影再次深深地鞠了一躬。

尸检的正式报告需要近1周时间，这几天，每逢空闲的时候，我总会想起张迪父母互相搀扶离去的身影，他们今后也将在搀扶中度过一生，我不想说张迪的尸检结果能够对医学起到多大的贡献，在今后又能阻止多少类似的悲剧发生，我只是希望张迪的去世不再是个谜，尸检的结果多少能够给他的父母带去一点慰藉。

我接下来值班的那个晚上，肿瘤科呼叫我过去看一个憋气的老先生，他的呼吸很短促，每吸一口气就带动胸脯的起伏，脑袋也跟着一起一伏，他的面部和脖子肿得很厉害，和他瘦小的躯干放在一起，显得格外不协调，他扣着面罩吸氧，但嘴唇还是发紫，床头的监护仪上显示的血氧饱和度在90%上下挣扎着。

看到我的到来，他努力使自己在床头坐起，尝试两次后，他斜靠在枕头上，呼吸更加短促凝重了，他闭上眼调整了一会儿，然后努力睁开眼睛看着我，他左侧的眼睛睁得很大，但右侧的上眼皮耷拉着，盖住一半的眼仁，他对我点了个头，用嘶哑的声音说了句"您好"。在床头的灯光下，我注意到他右眼的瞳孔也比左边的小，他的胸口和颈部淌着汗渍，但额头上很干洁。

我看得出这是一名肺上沟癌的病人，肿瘤占据了肺的尖端，压迫了上腔静脉，导致老先生的颈部和头面部肿胀；他瞳孔缩小，上眼睑下垂，额部汗少——这是典型的霍纳综合征，是肿瘤压迫颈交感神经的结果；他声音嘶哑，应该是喉返神经也受到了压迫。

他的手发抖着，缓慢地递给我一张纸条，上面的字写得歪斜扭曲，但纸条的末尾很正式地印上了他的指印：

"我知道就要上路了，我不害怕，我不要用呼吸机，这改变不了什么。在我死后，我想把遗体捐献，可惜肿瘤转移了，身上的器官别人也用不上，但我听说角膜还是干净的，如果有人需要，就留给别人吧，剩下的身体，捐给医学院的解剖室。我是个老战士，这是我最后的心愿。"

最后的那一个红艳艳的指印在我眼中幻化成一颗火红的跳动的心。我同样了解他的字为什么写得歪歪扭扭：肺上沟癌还会压迫上肢的感觉和运动神经，他的右上肢会因此无力和疼痛——我很难想象他书写这些文字时究竟在忍受着怎样的煎熬。

我把氧气的流量调大，在床旁默默地陪他坐了一会儿，临走前我站得笔直，举起右手对他敬了个礼，他缓缓地抬着右臂,但抬到耳垂就再也抬不上去了,他微笑着,对我回了个礼。

这是我见过的,最美的军礼。

两天后,老先生去世了,照着他的遗愿,他的角膜被捐献,他的遗体被运往熙和医科大学的解剖室。

同一天,病理室负责张迪尸检的郝医生叫我们来看结果,我们聚到了病理科。

"我们推测张迪患的是神经系统疾病,病变累及脑干,影响到呼吸心跳中枢,最终导致呼吸心跳停止。我们在遗体的脑部组织分离了一部分小脑和脑干,看,就是这一块组织,重量是21克。"郝医生指着投影屏幕,切换着幻灯图片,"经过切片和组织制片,用塞莱染色剂染色,镜检,我们在神经细胞里发现了这些樱桃色、圆形或椭圆形的小颗粒,你们看这里——内基小体!"

"啊?狂犬病!"沈一帆吃惊地双手握拳,放在面前,"可是……张迪他压根就没有疯狂、兴奋的表现,甚至他一点也没表现出对水的恐惧。恐水、躁狂可都是狂犬病的典型表现呀!"

"我们在大脑的病理切片中没有发现内基小体,所以病人不会表现出疯狂。"郝医生在电脑屏幕上切换了一张照片,显示的是张迪的踝部,上面隐约可见一处咬痕,"不出意外的话,这处动物咬痕可能是病毒的入口。"

"麻痹型狂犬病?"沈一帆倒吸一口气,遗憾地摇了两下头,"麻痹型狂犬病发作时,病毒只是侵入小脑,病人不会有兴奋的表现,但死亡原因和兴奋型狂犬病是一样的,都是由于病毒侵入主管心脏和呼吸的神经。原来如此,怎么会是这个结果……"

"这是一种可怕的疾病,麻痹型狂犬病几乎全被误诊!在没有人告诉你动物咬伤史,病人又没有兴奋躁狂的临床表现时,我们往往做不出针对性的检查,而且,病人只有在狂犬病发作后存活1周以上,才能产生狂犬病抗体,所以,就算当时把血样送到防疫部门检查狂犬病抗体也不见得有结果。"苏巧巧看了看垂头丧气的沈一帆,"沈一帆,你真的无须遗憾或自责,狂犬病的病死率几乎是100%,我们谁也无能为力。"

"唉,我真不忍心看到这样一个尸检结果,告诉我们一个无可救药的疾病,即便我们将来遇到类似状况,结果可能还是一样的:直到病人死亡我们既无法诊断,也无从治疗。"沈一帆还是低着脑袋,轻轻地摇了两下。

"纽约东北部的撒拉纳克湖畔长眠着一位名不见经传的特鲁多医生,但他的墓志铭却久久流传于人间:'有时,去治愈;常常,去帮助;总是,去安慰。'直至今日,医学的意义仍仅限于此。然而,'世上本没有路,但走的人多了,也就成了路',现在的医学在狂犬病面前仍束手无策,但将来未必如此。尸体解剖的结果增进我们对未能诊断或未知疾病的认识,随着我们对疾病了解的深入,或许我们将来就能试着帮助病人甚至治愈疾病。"兰教授审阅着我们的眼神，停顿了一会儿，"这21克的病理组织，其意义可远远超越它的重量！"

21克，我突然觉得这个重量很熟，似乎在哪里听说过，慢慢地，这个数字在我的脑海里慢慢清晰起来，那是亚利桑德罗导演的电影《21克》①——传说人在去世的一刻，体重都会减轻21克，那就是灵魂的重量。作为一个医生，我自然了解这个传闻的荒谬，但此时此刻，我更愿意相信这21克的重量承载着张迪的灵魂。

每个人的生命就像一条条的线，或曲或直，通向终点。这些线有时也会相互交合，相互缠绕，构成一个又一个充满未知与神秘的交集，我们的生命，也就为之改变。我们几个人在遇见张迪时，他的生命已经走向终点，但他"灵魂的重量"却仍然倾斜着我们生活的天平。

我正想着，兰教授关切地打量着沈一帆，"这个结果还有另一个很重要的现实意义：狂犬病是通过体液传播的，我们需要询问一下张迪的家属、朋友，以及接触过的医护人员有没有谁不小心接触到张迪的体液。沈一帆，你那天抢救的时候做好自我防护了吧？"

沈一帆先是一惊，然后静下来想了想："应该没事，我那天是全副武装的。兰教授你提醒得太对了，我需要联系

---

① 一部电影，主要讲述了故事的三个主人公在一次偶然的事故中，经历了失去与痛苦，从而对人生的真谛有了更加深刻认识。

一下张迪发病时的密切接触者。"

听到"体液传播"四个字,不经意间我看了一眼米梦妮,她脸上的表情僵硬了一下,随即又关切地看着沈一帆。我感受得到她内心掀起的一阵波澜,紧接着我意识到今天距离她不幸发生职业暴露的日子,刚好是1个月——她该进行抽血化验的日子。

所幸,沈一帆联系了所有张迪发病时的接触者,都没有接触到体液的,有一个大学朋友后怕地回忆起张迪意识障碍发生时,他本打算用手帕去帮忙拭去张迪嘴角流出的唾液,一时找不到,就随意用餐巾纸擦拭后丢掉了。后来听说这位朋友为了以防万一,还是去注射了狂犬病免疫球蛋白。

至于张迪踝部的动物咬痕,张迪从来也没对谁提过这件事,谁也说不清道不明其中的缘由了。

一连过了几天平静的日子。交完班和午餐时,两个女生似乎总是有意无意地避开我们聊一些女生的话题,我和沈一帆也养成一种习惯:交完班就出门干活,把办公室狭小的空间交给她们。平时在医院里奔波,我找不到和米梦妮单独见面的机会,也无从询问她抽血化验的结果,有几次,我忍不住想发短信询问,但总是写了几个字后又默默地删除掉。

终于有一天,会诊结束后,我回到办公室时遇到正在电脑前查资料的米梦妮,办公室里只有她一人,她背对着门,一手托在下巴,另一只手移动着鼠标。我慢慢走到她身边,心里掂量着该怎么开口。

"你想问我抽血的结果吧?"她扬起头,看着我的眼睛,"这几天交完班后,你总是瞟几眼我和苏巧巧,苏巧巧抱怨说你不满我和她总在一起聊天。"

"啊——"我回忆我那所谓"瞟几眼"的动作,自己浑然不觉,也没有丝毫的回忆,我心里暗自佩服女生的洞察力。

"我今天下班,在办公室等着,就是想告诉你,放心吧,检查结果是阴性的。"米梦妮笑了,笑得很甜,那是一种熟悉的笑容。

太好了!这真是个好消息。我舒服地坐在办公室的椅子上,闭上眼。恰是傍晚,风从窗口吹来,夹杂着秋天和泥土的味道。

 临床感悟

"诊断不明"和"尸体解剖"

米梦妮　无论是医生还是病人,最不愿遇见的情况就是——诊断不明。尽管近百年来医学有了长足的进步，新发现和新命名的疾病层出不穷，但我们不得不承认，我们对于人类身体的了解还只是皮毛而已。即便我们对某种疾病进行了命名，也不意味着我们对这个疾病彻底了解了。比如：很多疾病冠以"原发性"的名字，其实，"原发性"这几个字本身就体现了我们对疾病的知之甚少。

我　　　人非圣贤，孰能无过。医学上存在太多不确定的因素，医生竭尽所能也未能获得正确诊断的事例也时有发生。在一篇Meta分析[1]中提到，比照尸体解剖的结果，近1/3的死亡证明是不完全正确的。并且，尸体解剖中的发现，近一半是在病人死亡前未曾考虑的诊断，其中有1/5的诊断只能通过组织学检查获得。

苏巧巧　对尸体解剖存在抵触心理的病人和病人家属，我们充分理解，毕竟这是人之常情。而那些接受和提供尸体解剖的病人和病人家属，都是伟大的！正是他们伟大的举动在一点点地推进我们的认知，推动医学的进步。对于他们，我们表示深深的敬意！

沈一帆　对于负责尸体解剖的医生，我们同样尊敬，毕竟，"诊断不明"意味着未知的风险。

1985年,北京协和医院王爱霞教授等报告了中国首例艾滋病病例[2],一时媒体争相报道,举国震惊。协和医院病理科三位医生及技术员在病人去世的第三天,冒着被感染的风险完成了这位死者的尸检工作,为中国医学界认识和研究艾滋病留下了宝贵的第一手资料。

[1] Histopathology,2005,47 (6): 551-559.
[2] 中华内科杂志,1986,25: 436.

花之绽放，一瞬的美丽

床头灯的暖色光把她的身影投射在窗帘上，微风拂过，窗帘带着剪影徐徐波动。我静静地欣赏着那个剪影，很美，像一幅古香古色的水墨画。

交班，会诊，四天一轮的值班，抢救……表面上看，我们的生活就像是沿轨道运行的行星，一圈一圈地规律旋转，如同中学生的上学放学，好比上班族的朝九晚五，要不是中学生偶尔起床迟了，上班族的班车不巧晚点了，他们的生活极少发生改变，日复一日，月复一月，诸如起床迟了、班车晚点这样的小事最多也只是让运行在轨道上的行星"稍作停顿"，然后继续沿着一成不变的轨道前行。

大多数人享受一成不变所带来的安全感，同时也在厌烦中重复昨天的故事。我认识一位图书管理员，她甚至连一天中几点几分上厕所都已经形成固定的流程，她烦透了这种没有新鲜感的生活，但又舍不得做出任何改变。由此可见，在大多数场合，安全感和新鲜感是一对反义词。

在医学生时代，我憧憬着医生生活：我的每一天都将是不一样的,早晨睁开眼的时候,光是想象一下今天会收什么样的病人就足以让人兴奋。然而,工作两年后,激情和冲动褪去,劳累开始抬头,我不再希望自己收治的病人个个都是疑难重症,我开始祈祷值班时病房要平稳,我的病人们都要"长命百岁"。这种感觉,在当了半年多总住院医生后变得更为强烈,我巴不得今天是昨天的翻版,恨不能自己的生活沿着固定的轨道稳步前进,我甚至在某一天的梦中回到了大学时代的军训,在那片郊外的绿茵上,空气清爽,夜晚的天空悬着数不尽的星星,我们在号角中起床,叠被,出操,吃饭,睡觉……那是一个稳健的生活轨道,那是充满安全感的一天。

很遗憾,总住院医生的生活没有行星轨道,我们的生活简直就是漂泊在激流里的小船,此处一簇暗礁,彼处一袭湍流,我一点也不想在隔三差五地在值班夜里听到一连串的"午夜凶铃"。然而,当生活的小船经过一丛暗礁,划过一处湍流,在我的内心深处又会潜意识地期许下一个激情释放的瞬间。

这就是矛盾吧,和那位图书管理员正好相反,我渴望生活过得平淡一点,但又舍不得生活中随处可见的"新鲜感"。再后来,我也想明白了,为什么我们同样过着有规律可循的工作周期,实际上却与许多人的生活没有共同点,那是因为我们各自生活的轴心是不同的:中学生生活的轴心是课本知识,上班族生活的轴心是文书业务,平日里军队生活的轴心就是一成不变的纪律,而医生生活的轴心是病人——别人围绕的轴心是可预测甚至是固定的,而我们的轴心则充满变数。

一只蝴蝶在纽约中央公园的小黄花上扇动了一下翅膀,于是东京街头掀起风暴,电闪雷鸣。当一个个病人带着他们的故事走进我们这群总住院医生的生活时,我们的片刻心情,一些想法,一段时光,甚至于一生都会悄然变化。

这天交完班,沈一帆并没有马上出门,他提出以后我们几个人中午要一块聚餐。

"这些天中午和程君浩吃饭时,他要么默不作声,要么就是和我交流最近看过的文献,我可不想把每天中午的吃饭时间都变成Journal Club。"

苏巧巧和米梦妮扑哧地笑出声来。

"但我和苏巧巧最近聊的都是女生的话题哦。"米梦妮看着苏巧巧,眨了个眼。

苏巧巧微微笑着,脸上泛起了红晕,她撅起小嘴,又抿了几下嘴唇,突然扑闪两下眼睛:"算了,我还是告诉大家吧,我怀孕了!"

"啊!"我和沈一帆都张圆了嘴。

"快2个月了。"苏巧巧低头摸了摸肚子,脸上的表情有些害羞,"你们都保密啊,之前我只告诉了米梦妮就是不想让太多人知道。"

的确,这么一说,我回想起以前从不吃午饭的苏巧巧大约是在2个月前开始准点吃饭的，一向雷厉风行的她也是在2个月前开始不紧不慢地干活，比如，在交班后会先听听音乐。

"好消息呀，恭喜恭喜！"我们应声和着，脸上仍是吃惊的表情。

"呵呵，低调，不要声张。"幸福的花朵在苏巧巧的脸上绽放。

"要注意身体呀，你觉得累吗？"问话时我有意无意地盯着苏巧巧的肚子，她还是很苗条，腹部平整，暂时还看不出怀孕的迹象。但现在离她光荣退休还有近4个月时间呢，到时候她总不能挺着一个大肚子去风风火火地抢救病人吧？在我的印象里，2年前也有一个总住院医生在任职期间怀孕了，后来因不堪劳累提前结束任期。

"没事，我好端端的。"苏巧巧用手轻轻抚摸肚子，"宝宝很乖，照理说，这2个月多少该有点妊娠反应吧，但我什么感觉也没有，哈哈，就是饭量增大了点。"

"如果觉得累了，吱声叫我们帮着你点儿。都说怀孕人会变傻，如果以后你肚子变大了，人变笨了，还是早点下岗吧。"沈一帆眼睛里的神情一本正经，但嘴角出卖了他的半开玩笑。

"我才不会变傻呢！哼，我现在身上有两个脑袋，你们谁也没我聪明！"苏巧巧挥着小拳头锤在沈一帆肩头上，沈一帆不躲不闪，笑嘻嘻地挨了几下拳头，苏巧巧停了下来,"其实,我是想过休息,但我觉得太舍不得现在的生活了,虽然很忙,很累,但也很过瘾。"

原来,我们有着同样的感觉:我们爱上了这艘在激流里飘荡的小船。

沈一帆提议中午由我请大家吃饭,三票赞成,一票弃权,我在莫名其妙中喜开颜笑着答应了。

中午我叫了一些外卖,四个人在内科办公室里聚得很齐,许久没有这样的场面,又赶上喜事,大家都很开心。一开始,我们的话题围绕着苏巧巧和她的宝宝,聊着聊着,大家又回到了医学上,苏巧巧提起上午会诊时遇到的一个病人。

大概是因为怀孕的关系,苏巧巧最近特别喜欢会诊妇产科的病人,她告诉我们,每次她走进产科病房,听到新生儿娇滴滴的哭声,心里都会涌起一阵怜爱。今天上午,她同样拿了妇产科的会诊申请单,遇到了正在住院的舒雪娴。

舒雪娴是一个29岁的女性,怀孕22周,在怀孕12周第一次做超声时发现右侧卵巢囊肿,体积是3.9厘米×4.0厘米×3.2厘米,产检医生嘱咐静观其变。到了怀孕20周时她复查超声,发现右侧卵巢囊肿体积增大至6.3厘米×5.1厘米×4.6厘米,这时候,如果仔细触摸子宫底右上方,可以摸到一个小包块,超声下观察,卵巢囊肿中存在实性成分,盆腔里也有少量积液。产检医生建议收住院,进行腹腔镜探查和卵巢囊肿剔除。今天苏巧巧前去会诊,是进行常规的术前评估。

"术前评估没什么问题吧？"这个话题并没有引起我的兴趣，我只是随意搭话。

"29岁女性，能有什么基础疾病呀？心肺功能都很好，完全可以耐受腹腔镜手术。只是她知道这个病后上网查了一些资料，觉得自己的那个包块质地偏硬，活动度也稍差，有些担心是不是长了什么坏东西。我和她聊了半个多小时，鼓励她，安慰她。"苏巧巧微笑着说。

"真有时间，早知道我应该多分给你几张会诊申请单。"沈一帆拍了拍上衣兜里的会诊申请单，发出"沙沙"的声音。

"哈哈，舒雪娴是个平面模特，大美女哟，要是你去会诊，没准会待在别人屋里没事找事地聊上几个小时。而且，她担心的源头不是自己的身体，而是肚子里的宝宝，这是母亲的伟大知道吗？算了，跟你们两位男士说了也白说。"苏巧巧有些夸张地叹了几口气，然后突然有些激动地转向米梦妮，"梦妮，她的丈夫长得挺帅的，不亚于你手机里的前男友照片，说起来帅哥之间还真是总有那么几分相像。"

"哦，是吗？帅哥美女，挺般配的嘛，希望她手术成功。"米梦妮的语气很平静，但我不经意看到她手中的筷子抖动了一下。

分手2个月了，或许一切都过去了，或许一切都埋在了心里。有些事，你把它悄悄地藏在脑海里，随着时间的冲刷,你以为它早已葬身海底深处,消失不见,谁知哪一天只要一场微风撩动海浪,就轻而易举地把它托出了海面,冲上海岸。我暗下里抱怨苏巧巧怎么哪壶不开提哪壶。

舒雪娴的事也是如此,我一开始只是有一搭没一搭地听苏巧巧讲述的故事,丝毫不觉得她会和我发生什么瓜葛,直到一周后我的一个会诊班,苏巧巧下夜班回家,我拿了妇产科的会诊申请单。

在"新加坡"的长廊上,我依旧边走边翻看会诊申请单,在脑中规划着会诊顺序,我看到来自妇产科的一张会诊条:舒雪娴,女性,29岁,卵巢印戒细胞癌!

苏巧巧讲述的故事在我脑中苏醒,很快就占据了我的思考。

印戒细胞癌,是一种含有大量黏液的癌症,由于细胞中充满了黏液,细胞核被挤到细胞的一侧,显微镜下观察,它们的外形酷似一枚戒指。然而,这枚戒指给人带去的不是爱情,不是承诺,而是死神开着玩笑精心包装的死亡通知书。卵巢印戒细胞癌这几个字眼更是令人触目惊心,因为印戒细胞癌多发生于胃肠道,卵巢往往不是这类肿瘤的老巢,如果现在肿瘤已经在卵巢安家,就意味着它已经转移扩散,也就是说:晚期癌症!妇产科之所以请我们会诊,原因也在于此——会诊申请单上写得很明白,会诊目的就是寻找肿瘤的原发灶。

可惜啊,这位29岁的孕妈妈!我把手头的会诊申请单握得很紧，加快了前往妇产科的脚步。

舒雪娴的确是一位令人忍不住多看两眼的美女，她留着齐肩的短发，头发尖端挑染着几簇酒红色，与发亮的黑发之间过渡得很自然，高挺的鼻子上架着一副黑框眼镜，更加衬托小巧的脸庞和白皙的皮肤，透过镜片，我看到她淡褐色的眼仁洋溢着似水柔情。她坐在病床上，和自己身边那位西装革履、帅气十足的丈夫聊得很开心。

"你好，我是过来会诊的内科医生，我姓程。"我走上前，指着自己的胸牌。

"哦，程医生好。"她的丈夫站了起来，伸出手和我握手，告诉我他姓徐，他西装笔挺，皮鞋锃亮，和他握手的时候我注意到他的指甲修得很整齐。

"医生好，昨天妇产科医生来的时候，就问了我好些关于饮食和胃口的问题，今天又请来了内科医生。你们是发现我得了什么内科疾病吗？"舒雪娴开口说话，周围笼罩着温柔的空气，如听箫声，如嗅玫瑰。

"嗯，是这样的，妇科医生之前手术切下的卵巢囊肿，需要和一些内科疾病相联系。"眼前的舒雪娴一只手搭在隆起的腹部，微笑着，像一朵半开的花，我不忍道破事实的残忍，迅速地构思着一些说辞。

"是吗？医生，我那个囊肿的病理究竟是什么呢？"

"就是有些细胞，形状有些诡异。具体原因我们还在寻找。"

"诡异？您的意思是说那是肿瘤细胞对吗？"她说这句话时抚摸了两下肚子，脸上的微笑和之前相比一点也没变。

"肿瘤"两个字从她口里说出来时我有些震惊，更令我震惊的是她的动作和神情，那样子，仿佛是在叙述发生在别人身上的事情。有不少肿瘤病人很忌讳看到、听到"肿瘤"这两个字眼，更不用说主动说起，这种状态甚至会持续到他们临近死亡时也不会有任何改变——如同沙漠里的鸵鸟，感到危险靠近之时，只是埋头钻进沙子里。

"呃……你看……"事先草拟好的说辞一下子被打乱了，我张了两下嘴，突然看到舒雪娴的秋波微动，更是说不下去了。

"没关系的，程医生。"她反过来安慰我，"我早就有心理准备了，昨天来了很多趟不同的妇产科医生，问了我一些听起来和卵巢囊肿没什么关系的事情，那时候我已经想到最坏的结果了。"

"比如说，问了饮食、胃口之类的是吗？"我的措辞已经被舒雪娴的直率牵着走。

"是这样的，我们都被问好多遍了。"她身边的丈夫有些激动，"我爱人身体很好的，怀孕以来吃东西也挺正常的。"

"就是怀孕刚开始的时候有些呕吐，但很多孕妇都这样吧？现在也不过是饭量大了点，有时大半夜会饿醒，只得不争气地爬起来吵着老公吃些东西。"舒雪娴抬头看着丈夫，眼睛里含着温柔，然后她把目光转向我，"你们是不是怀疑我卵巢的肿瘤是从别的地方转移来的？"

我彻底被她的直率和唐突打败了。我迟疑了几秒钟，整理一下思绪，挪了张椅子坐在她和丈夫的边上。

"的确如此。你的卵巢上长了个看起来不太好的东西，而且它通常不该是从卵巢上直接长出来的，比较常见的一种途径是，从胃肠道上掉下来，种植在卵巢上的。"我说话时一直观察着舒雪娴的眼睛，我原以为她的眼神会有什么变化，但那双眼睛就这么安安静静地睁着，里面放出的光线依旧柔和，我顿了顿，"我知道这么说有些突然，但如果可以的话，我想尽快给你安排胃镜检查。"

如果胃镜证实胃部存在和卵巢一样的肿瘤细胞，那么几乎可以肯定卵巢的肿瘤是转移瘤，这在医学上叫做库肯勃瘤。印戒细胞癌在胃部疯狂地生长，长出了胃的浆膜层，还会不死心地千方百计地去霸占新的领地，而生育期女性的卵巢功能旺盛，血运丰富，肿瘤细胞自然趋之若鹜，这就是所谓的种植转移。我提到给舒雪娴安排胃镜检查时，有那么一瞬间，感到一阵心酸。是在替一个素不相识的人担心吗？我在心里问自己。

但毋庸置疑的是，有的人，只要和她相处几分钟，她的外表、表情、语言和精神状态，会形成一股气场，让人不由地心生关切之情。

听到胃镜检查时，舒雪娴和她丈夫的手握在一起，他们互相看着,沉默了十几秒钟,我在旁边等着,打量着他们侧脸的轮廓,我知道他们需要这点时间。

"真的有这个必要吗?"她的丈夫徐先生打破了沉默。

我点点头。

"听说胃镜检查不太好受,这倒没什么,但会不会对我的孩子造成什么影响呢?"舒雪娴的微笑中带着一点害羞和歉意。

"不会。"

"那就有劳程医生安排吧。"她双臂内收,头微颔,眼睛看着隆起的肚子,用手温柔地摸了摸,"妈妈又要再做一个检查,宝宝要乖乖的哦。"

幸运的是,下午有一个预约胃镜的病人临时取消,舒雪娴的检查就安排在了当天下午。中午吃饭时,我和米梦妮谈起上午的会诊,然后自然而然地说到舒雪娴的病理结果。

"真可怜!几次听你们提起这位大美女,弄得我都想下午一起去胃镜室见识一下了。"米梦妮吃完饭,用餐巾纸擦了擦嘴巴。

"那就一起去吧,我是这么打算的。"

舒雪娴的胃镜预约在下午3点,下午2点50分,我和米梦妮从内科办公室出发,前往内镜中心。

内镜中心的等候区坐满了病人和病人家属。胃镜检查是一个不大不小的操作,但想象着一根直径7毫米,长度约

1米的管子即将要塞到自己的嘴里,等待区大多数人的脸上多少都挂着一点不安。每次看胃镜操作,我都禁不住联想起一种叫"吞剑"的魔术表演,区别在于,魔术是假模假式的,胃镜检查可是动真格的。

我一眼就在人群中瞥见了舒雪娴,周围紧张不安的气氛更加突显她的存在,她披着一件鹅黄色的披肩,脸上挂着一丝微笑,头枕在身边丈夫的肩头上,目光淡然地望着自己的肚子,嘴里好像在说着点什么。徐先生低着头,手肘枕在膝盖上,双手的大拇指按压着太阳穴。我们走近他们时,听到舒雪娴正在小声地哼着儿歌,歌声很柔和清晰:

"天上的星星不说话,地上的娃娃想妈妈,天上的眼睛眨呀眨,妈妈的心呀鲁冰花——"

她发现我站在她的面前,歌声打住了。她如同小孩子一般不好意思地吐了吐舌头,用肘顶了顶身边的丈夫,徐先生抬起头,看见是我,对我笑了笑,然后,他的目光猛地定格在我的身后,脸上的表情一下子僵住了。

我这才发现米梦妮一动不动地站在我身后1米开外,眼睛盯着徐先生,眨都不眨。

气氛一时有些诡异。

还是舒雪娴先打破了这份沉寂,她用手挡了挡徐先生的视线:"怎么啦?看到美女医生发呆啦?"

米梦妮往前走了两步,表情自然了一些,眼睛避开徐先生:"这就是舒女士吧?……你的爱人很漂亮!"

"你……好，原来你在这家医院工作呀。"徐先生的表情有些复杂，夹杂着尴尬和慌张，还有一些我说不出的感觉。

这时候广播通知舒雪娴进8号胃镜室。她把披肩往丈夫手上一放，还是那样浅浅地笑着："老公，我进去喽。"然后她低头轻轻说："宝宝乖，妈妈要做胃镜啦。"

我跟着舒雪娴走了进去。米梦妮并没有跟进来。临进胃镜室时，我回头看了一眼，她和徐先生隔着一两米的距离，面对面站着。

胃镜医生姓许，是个少说多做的实干派，当着舒雪娴的面，我委婉扼要地介绍了她的病情。

"没关系的，程医生，你大可以直接说在我的胃里找肿瘤的原发灶嘛。"她把眼镜脱下放在衣兜里，眼睛显得更加大而清澈，她侧卧在胃镜床上，"许医生，您就放心做吧。"

许医生点了点头，他的风格一向以简洁利索著称，而今天把胃镜放入舒雪娴口中的时候却添了几分温柔，在胃镜通过咽部的时候他还轻声细语地鼓励了几句，我看到舒雪娴双腿蜷曲着，双手互相握着摆在胸前，闭着眼睛，眉头微颦，一如西子捧心。

胃镜下观察胃黏膜很干净，并没有什么溃疡和明显的占位，我心里开始有些自责：想必是我多虑了，并不是什么胃的毛病，唉，我怎么让一个怀孕的母亲白受了一茬罪呢……

许医生一声不吭地仔细观察着，然后在胃角的一处黏膜，他用活检钳取了一块组织，然后还是在同样的位置，又深挖了一块组织："我觉得这里有点厚。"

我突然想到胃印戒细胞癌很狡猾，通常是鬼鬼祟祟地在黏膜下生长、浸润，不显山不露水，病人有时甚至没有任何征兆，一经发现已经是晚期病变——胃壁在癌细胞的浸润下变得硬邦邦的，形成所谓的"皮革胃"。我仔细盯着胃镜的屏幕：胃的皱襞还是挺清晰的，没有所谓"皮革"的感觉。情况不至于那么糟吧？

胃镜检查结束，门口等待我们的只有徐先生，他的神情有些恍惚，看到我们的出现，他半晌才缓过神来，匆匆走上前，对我说了句谢谢，然后护着舒雪娴回病房去了。

我一路走到内科办公室也没见到米梦妮的身影，回想起胃镜室门前莫名其妙的场景，我给她发了条短信：如果有什么难处，可以和我一起分担。

没有回复。到了再晚些的时候，我在内科办公室看到了米梦妮，她的眼圈有些发红，见到是我，她只是腼腆一笑。

有些事情是别人不愿提起的，只能等待自我释怀。

几天后值班的夜晚，我接到妇产科的电话："库肯勃瘤。胃镜病理是典型的印戒细胞癌。"于是，我去了妇产科，再一次见到舒雪娴。

徐先生不在，病房里只有舒雪娴一个人。她斜靠在枕头上,手里拿着一本母婴杂志,床头灯发出的暖色光笼罩在她身上。

"程医生好,上回和你在一起的那个女医生怎么样了?"见到我,她合上杂志,看着我的眼神似乎带着一点歉意。

"呃……"我完全没想到是这么个开场,被打了个措手不及,一路上计划好的说辞又成了泡影,"你怎么这么问?"

"她昨天来找过我。看得出,她是个好女孩,但有人让她受伤害了。"她把杂志放在床头柜上。

我心头一颤,之前隐约的猜测似乎又近了一步。

"胃镜结果是转移瘤是吧?你是来告诉我治疗方案的吧?"几秒钟后舒雪娴话锋一转,和平时一样,我在她的眼中看不出喜怒哀乐,但她的目光总是让人感到温暖。

"是的。"回到我擅长的话题,我重新调用之前计划好的说辞。

"在你的方案中可不要忘了我是个怀孕的妈妈哦。"她身体往前倾,嘴角微微向上弯曲,表情很祥和。

"这样的,舒女士,你很直爽,我也不绕弯子说话。和我们事先的估计一样,你患的是卵巢转移癌,肿瘤的源头在胃,不容乐观,治疗上需要采取化疗,而化疗药必然对胎儿产生影响,因此——"

"因此我要放弃孩子吗?"舒雪娴的身体缓慢地靠向床头,坚定地摇了摇头,"我做不到,有别的什么方法吗,程医生，比如手术？"

"肿瘤转移了，到了晚期，手术是切不干净的。"舒雪娴的眼中依然看不出任何的情绪波动，我突然意识到她应该早就知道这样的结果了，只是想从我的口中得到证实罢了，"但是从现在的观点看，如果我们进一步的评估发现你的肿瘤只局限于胃部和卵巢的话，完成几程化疗后，再做手术切除病灶，也是有可能的，并且这样的话，有10%的机会多活三五年甚至更久。虽然这个概率不见得乐观，但反过来，如果什么都不做的话，接下来的生存期估计也就是半年多，说得残酷一点，你甚至都有可能等不到孩子出生。"

舒雪娴平静得像一幅画："程医生，我对统计数字不感兴趣，我心里想的只是：我不会放弃这个孩子。如果事实真就如此，我宁愿什么都不做，等着孩子的降生。"

"不行，你还年轻，你这么做太对不起你自己！"我不由地激动起来，声音的分贝也提高了。

"程医生，您坐下来吧。"舒雪娴依旧是轻声细语，我拉过床头的椅子坐了下来，"其实，我早就想得很明白了，如果我积极去治疗，即便是熬过了化疗，撑过了手术，也不过就是多活上一些年头，而且在我生命的最后时光，除了忍受每次治疗伴随的煎熬外，还会时不时地陷入放弃孩子的心理自责，每天伴随我的都将是绝望。如果我顺其自然，那么在最后的日子里，肚子里的孩子会陪我一起度过,我会过得很幸福的,每天醒来——只要我还能醒来的话——看到的是希望。"

"但这……牺牲属于自己的生命,你觉得公平吗?上帝创造生命,是需要人们去珍惜的。"

"我觉得上帝对我很好,非常好,在这样特殊的时刻,他赏赐给我一个全新的生命。每个人的生命都会终结,我坦然面对;在我迎接终结的时候,我还将孕育出一个新的生命。你知道吗,程医生,光是想到这些我就会忍不住地开心。"舒雪娴低下头,温柔地注视着隆起的腹部,伸出双手捧起,脸上露出真切的微笑。

床头灯的暖色光把她的身影投射在窗帘上,微风拂过,窗帘带着剪影徐徐波动,我静静地欣赏着那个剪影,很美,像一幅古香古色的水墨画。

我一直觉得,某种程度上说,肿瘤细胞和胚胎有着异曲同工之处。它们都是些带着私心的细胞,吸取母体的营养;它们精力旺盛,玩命地分裂。胚胎从受精卵一个细胞开始,一个变两个,两个变四个……短短数周,就已经隐约可以见到一个人形。并且,胚胎组织分泌的一些蛋白和激素,比如癌胚抗原,同样体现在某些肿瘤身上。肿瘤本身就是一个矛盾体——细胞的新生带来个体生命的终结:就肿瘤组织而言,它本身代表着一种返老还童,但对患肿瘤的个体而言,却是意味着毁灭。肿瘤病人终将带着这些返老还童的细胞死去,而在他们离去的时候,他们体内流淌着的那一群细胞,还保留着生命最初的样子。

当然,胚胎和肿瘤细胞有着本质的区别:前者是生命的拷贝;后者只是无意义的复制。眼前的舒雪娴,她是这两者的共同载体,在接下来的日子里,胚胎和肿瘤都会毫不客气地争夺她的营养,榨干她的精力——她这柔弱的小小身板,能否坚持住呢?

"这是您的决心?您不会因此后悔吗?"我入神地望着窗帘上飘忽的剪影。

"我以为自己的生命就像是一朵花,我感受阳光雨露,绽放在最美的时候,美丽过了,被人赞美过,呵护过,爱过……足够了。接下来,我终将枯萎,在此之前,幸运的是我将结果,孕育新的花朵,然后,我大可以放下心来,回归泥土。我想,这就是生命本来的面目吧?你说,我为什么要遗憾后悔呢?"舒雪娴说话的样子很柔美,我仿佛闻到屋子里飘着一股玫瑰花香。

许多病人得知自己是绝症后,精神上都会经历"否认—生气—接受—希望—绝望"的五部曲,而在舒雪娴身上,我一点也看不出这个变化,似乎她从一开始就已经看透,然后停留在"希望"的阶段,而这个希望,不是留给自己,而是留给了肚子里的孩子。

母亲,是伟大的!在这份伟大的母爱面前,博大精深的医学一下子化为海洋里的一叶轻舟,话语是无力的,我站起身,双手轻轻搭在她的肩膀,望着她清澈而又深邃的眸子，真诚地说：

"祝你好运！"

她笑得很轻松，很真切，也很甜蜜。

过了两天，她从妇产科病房出院了，带着肿瘤，也带着希望。

接下来的1周烦透了，之前仿佛已经归于沉寂的那场纠纷又死灰复燃，国庆期间抢救的那对夫妇带着律师"卷土重来"，状告的理由是未履行告知义务和过度医疗，律师狡辩说当时不进行气管插管有可能取得同样的治疗效果。

"混账！"有时候，律师左右着我们的医疗行为，拴住我们放手一搏的决心，如果你认为不是这样，那是你不了解21世纪初的中国医疗。

医务处也不想把事情闹大，最终同意免去未支付的医疗费用，还赔了1万元。事情了结那天，那对夫妇找到了我，一见面就跪了下来："对不起，但是我们也没办法，家里实在是太穷了。"

我没有理会，径直从他们两人中间走过，头也不回。以直报怨是我的态度：我厌恶以德报怨的暧昧，试想，如果以德报怨，那么何以报德？

我在这1周里度日如年。好在身边有着一群好朋友，米梦妮、苏巧巧和沈一帆都来回安慰我，支持我，给我力量。总算是熬过去了。

周五晚上，纠纷闹剧彻底了结，我干完一天的活，回到内科办公室时天色已经暗下来，一切又归于沉寂。我遇到了米梦妮。

"一起去吃个饭吧。我请客。"米梦妮下了班，穿着一件粉色的外套，颜色很衬皮肤的白皙。

"嗯——什么由头？"

"庆祝你可以放下一桩烦心事了，也庆祝我第二次抽血化验的结果是阴性。"米梦妮打出胜利的手势，微微斜着脑袋看着我。我突然意识到现在已进入2013年1月，距离令我们不开心的那两件事情的起始时间已经悄然过去了3个月。

"好呀！"

我们去了崇文门的一家西餐厅，点了牛排，要了两杯红酒。等餐时，我注意到餐桌边上台灯的光线调得有些暧昧，空气里弥漫着食物的香味，流动着慵懒的爵士乐，我倾在沙发靠椅上，伸直了腿，从头舒服到脚。坐在对面的米梦妮正在用叉子轻轻碰着盘子，频率很慢，发出很柔和清脆的声响，灯光笼罩在她的身上，她的肤色和衣服的粉红融合成一种颜色，平时被白大衣包裹和掩盖的身材显露得刚刚好。

她用叉子轻轻碰盘子的动作突然停止："我那天和你一起去看舒雪娴，然后突然离开。你想知道是怎么回事吗？"

"你认识她老公，还可能关系很密切。"

"他就是我之前约会的对象，3个月前那件不愉快的事情发生后停止了交往。"米梦妮的嘴角轻轻一撇。

"啊?"我想到他们之间的关系,但没想到他就是令米梦妮神魂颠倒后来又失魂落魄的那一个,我愤愤不平,"舒雪娴都怀孕好几个月了,那时他都已经结婚了吧?"

米梦妮点了点头,叹了口气:"我们在一场偶遇中相识,对我而言,感觉是一见钟情,对他而言,可能只是一时不理智的冲动和冒险。"

"可他已经有那么好的一个妻子了。"我和舒雪娴交谈的片断像幻灯片似的在我脑中闪现,"我想,在她生病之前,她几乎是完美的。"

"那天,我和舒雪娴单独见过,她的确是完美的,还是个伟大的母亲。我也和他见过面,他说他这辈子真心对不起两个女人,但在接下来的日子,他只想安安静静地陪伴他的妻子,却只好对另一个说抱歉。"米梦妮说出这句话时很坦率,也很平静,"我原谅了他。"

"但他也太自私了,别忘了那家伙是在那件不愉快的事情发生后和你分手的。"

"那是我主动提出分手的。直到现在,这件事他还是蒙在鼓里的。"

牛排和红酒上来了,服务员为我们倒上红酒,我举起玻璃杯,看到里面晃动着倒映在杯子中的许多影子:"我有个预感,以你的条件,你会找到更好的,你有什么要求吗?我看看身边的朋友有没有适合你的,顺便给你张罗一下。"

"其实,我觉得你这样就挺好的,可是一定不能是医生,工作忙,在一起太累。"米梦妮举起杯子看着我,一副半开玩笑的表情,杯中的红酒把她的脸庞映得绯红。

我的目光越过米梦妮的身子,看到她身后那张桌子上坐着一个老外和中国女孩,女孩别扭地用着刀叉,断断续续地说着几句蹩脚的英语,老外和中国女孩脸上的笑容看起来似乎都很假。我手头一颤,杯子中的红酒溅到我的白衬衫上,被吸收了,忽的一下就消失不见了,如果不是留下那一点点的淡红,似乎它从未存在过。窗外是一月份的街景,人群不多,天色灰暗,道旁婆娑的树隐约已经几近光秃,一朝落完的繁华,也仿佛从未存在过。

"周末快乐!"米梦妮举杯。

"周末快乐!"我们碰了一下杯子。

临床感悟

"万病之王"和"生命之始"

我虽然早在公元前3000年就有记载[1],但是癌症成为"世纪瘟疫"却始自现代社会。作为现代文明的一分子,惧怕癌症显得理所当然——其实这恰恰验证了现代医学给人类社会带来的福祉：它消灭了许多可怕的传染病。在两个世纪之前，癌症还远不如梅毒和肺结核可怕。在古代社会，人们长期受到霍乱、天花和鼠疫的威胁，还来不及得癌症就死掉了——可以说，在那个年代，活到60多岁得个肺癌死去绝对可以作为古代人的奋斗目标。

米梦妮　美国MD Anderson肿瘤中心有一个霸气十足的标语：Making Cancer History！（让癌症成为历史！）终将有一天，经过多少代医学家的努力，人类会把这个标语踩在脚下，振臂高呼。但可以预想得到，到那时，会有另一种疾病，超越了癌症，成为新的"世纪瘟疫"。道理很简单，死亡是大自然的法则，是大自然"新陈代谢"的必然过程。

苏巧巧　孕育生命的过程是美妙的。光是想想两个细胞相遇，结合，经过十月怀胎，到长成一个呱呱落地的婴儿，就不禁让人感慨造物主的神奇之手。临床上我们会遇到各种各样被认为不适合妊娠的疾病，比如系统性红斑狼疮和尿毒症，但如果想病人之所想，在合适的时机，这类病人还是有机会享受当母亲的滋味的。作为一名女性，作为一名医生，我愿意捍卫每个适龄妇女妊娠的权利。

沈一帆　疾病状态下的妊娠，医生需要密切随访，病人需要良好依从。就拿系统性红斑狼疮和尿毒症来说，如果疾病控制不佳时怀孕，不仅母体的疾病会迅速恶化，婴儿也会因为营养状态和毒素环境的影响而发育不良或死亡。健康妇女的妊娠过程中，也可能发生或轻或重的疾病，比如妊娠高血压综合征、妊娠期糖尿病、妊娠期脂肪肝、围生期心肌病等。因此，规范的孕期检查是必需的。

[1] Cancer，2011,117(5): 1097‐1102.

春天的脚步

> 我的脑子变得一片空白，心里有激流奔涌，它们向上流动着、汇聚着，愈发壮大，然而突然受阻于喉管里的狭小声腔，再也无法通过，咽住了。

　　于我而言，心情是难以深记的。一直以来，我都是一个面对现实的人。可是，又是一个逃避过去的人。翻开大学时的日记本，看到的都是撕去的痕迹。这大概就是我对过去怀念的方式吧。摸一下那些笔尖留下的凹痕，又能给现在的心情增加几分涟漪呢？或许，当总住院医生以来，从某年某月某个不眠的抢救之夜，心情早已波澜不惊了吧。

　　我曾与一位智者交谈，言及当医生的境界时，智者引用一句诗词来形容良医的心境，便是："心若深秋止水，意如天壤孤鸿"。细品之下，那是种"大漠孤烟直"的壮美，《再别康桥》时的惆怅，再加上几分"天下谁人不识君"的气度。然而，天下之大，又有几人能够达此绝境，今生今世，我又能看穿多少？

　　一年的总值班生活在悄无声息中进入尾声。太多的人和事在心中沉淀和酝酿，原以为自己会长出一张成熟而略带沧桑的脸，然而不是，只是在值班后的清晨，我在镜中看到自己的眼神，即便是疲惫的，也没有迷惘，瞳孔里折射出来的只是笃定和执着。

2013年1月，北京的空气中总是蒙着一层薄纱，电视和收音机里是争论不休的PM 2.5，微博和微信里是满屏"雾都北京"的照片，淘宝和京东上口罩的销量呈指数增长……临近2月，一场大雪掀开天空的一角浅蓝，大地上铺了一层雪白地毯，掩盖了地面上的污秽，但几天过后，在它融化之际，地面又如糨糊般地泥泞不堪。上班路上，我穿着靴子小心翼翼地迈步，不经意间瞥见墙角探出来的一抹新绿。

哦，原来，春天就快要来了。

电视里很快就是春运的消息，收音机里播放着《常回家看看》，微博和微信上开始刷屏各种除夕晚会的小道八卦，淘宝和京东卖起了各色年货……在这个年代，把一件事情坚持做下去的人很少，每个人总是关心着所有事情，又好像对什么事情都不关心。

能把医生坚持做下去的人也少了，2012年的下半年，北京熙和医院辞职了近十名医生，他们都很优秀。也许，将来的医学史，会留下一笔这个时代医生的伤心。

还是余秋雨的话最为贴切：有些事，明知是错的，也要去坚持，因为不甘心；有些人，明知是爱的，也要去放弃，因为没结局；有时候，明知没有路，却还在前行，因为习惯了。

留下来的人坚持着，爱着，前行着，习惯着。我们四个内科总住院医生大抵也是如此。

就这样到了春节前夕。

我们四人中午在一起聚餐，席间，我悄悄打量着大家，大家和一年前的样子没有太大区别，只是眼神里有了更多的自信和淡然，苏巧巧的眼中还多了不少柔情和慈爱——她已经怀孕四个月了，看得出微微隆起的腹部曲线，不过在白大衣里还是掩藏得很好。

"你们说，我们要不要像国庆节那样，春节期间每人连值两天班，拼凑出一点休息时间呢？"沈一帆提议。

"不同意。叫老娘连值48小时，肚子里的宝宝会不答应。"苏巧巧冲沈一帆吐了吐舌头。

"你看看，别老娘老娘的叫，对胎教不好。"沈一帆回之以鬼脸。

我和米梦妮还是在一旁笑嘻嘻地看着。

"还有你，这回不许给呼吸机取名叫三十、初一、初二之类的，从精神上陷我们于不义。"苏巧巧转向我，伸着手指比划着。

"不会了，我提前去过呼吸治疗中心了，这回剩了十几台呼吸机，只要你想用，应该可以从大年三十不间断供到初六。"我故意摆出一副事不关己高高挂起的样子，饶有兴趣地等着看苏巧巧着急的样子。

"Inner Peace，Inner Peace！"苏巧巧学着《功夫熊猫》[①]中的熊猫阿宝的样子，深吸两口气，"希望过节期间病房平稳，辛苦了一年的呼吸机们也好好休息。"

苏巧巧最近的确变得容易疲劳了，前一个夜班，她夜间抢救病人，第二天完全打不起精神，又不敢喝咖啡，勉强熬到交完班后在办公室拼几把椅子，盖上两件外套，倒头便睡，午饭时我们回到办公室，发现她还是那个睡姿，睡得很沉，我们不忍心唤醒她，又悄悄地走了出去，后来，苏巧巧抱怨我们不叫她一起吃饭，她是在下午四点左右被饿醒的。

苏巧巧的值班表排在我后面，正好赶上大年三十，我想了想，和她换了个班，让她带着肚子里的小生命和家人一起吃顿团圆饭。苏巧巧不好意思地笑着，习惯性地摸了摸肚子，低下头轻声地说了句代表她的宝宝感谢我。

于是大年三十早晨，我起了个早，赶往医院，大清早出门的人和车都很少，走向地铁的路上祥和宁静，映在眼中的都是红红火火的颜色，地铁车厢里也格外应景，连扶手都换成了灯笼红的颜色，照出地铁车厢里的几分冷清。出了地铁站，到了玉府井，我发现北京城仿佛一夜之间换上古装，皇城根脚下的街道肃穆、整齐，少了现代的喧嚣，多少有了几分古都的样子。

---

① 一部以中国功夫为主题的美国动作喜剧电影，故事讲述了一只笨拙的熊猫立志成为武林高手的故事。

医院依旧是老样子，它不会因为节假日的到来而有任何改变，哪怕是春节。沿途街道的机关单位都大大方方地贴上"欢度春节"的字样，而"欢度"二字，对医院而言是迥异的存在，无论对医生而言，还是对住院病人而言。

如果非要说春节的医院有什么变化，那么无非就是住院病人的病情比平日里更重——因为大凡病情还过得去的都迫不及待地回老家过年了。

7点30分，我走进了内科办公室，苏巧巧还睡得正香，我犹豫了一下，没有叫醒她，出门走到街边的肯德基给她买了份早餐，折回内科办公室的时候，她还是保持着那个姿势睡着。

我放下早餐，拿上值班手机，正犹豫着是不是就这么悄悄出门时，值班手机响了，苏巧巧一个激灵坐了起来，往枕头边上摸了摸，然后注意到我手里握着的值班手机，冲我腼腆一笑，她抓了抓有些凌乱的长发，又拉了一下微微卷起的衣角。

手机是急诊打来的，他们那儿昨夜来了个肺动脉高压的病人，值班医生一接班就询问呼吸科今天有没有空床，苏巧巧告诉我没有，我如是转告。

"要是呼吸科那个皮肌炎合并肺部感染的病人能转入ICU，就能空出一张床来收病人了。"挂了电话，苏巧巧一边用头绳系着头发，一边对我说，"昨天病房整体情况还不错，除了这个病人夜间病情加重以外。唉——话说我最近值起班来还真是觉得有些累了呢。"

"插管上机了吗?你忙碌了很久吗?"

"还没到那个程度,不过已经用上了BiPAP无创通气。大半夜起来这么一次,愣是过了好久也睡不着了。"苏巧巧低着头,双手在脑后扎着头发,突然换了个温柔的声音说,"宝宝,妈妈又让你受累啦,今天下班回家妈妈会好好补个觉的。"

我笑了。和苏巧巧继续完成交接后,我出了门,苏巧巧则开始毫不客气地狼吞虎咽起我买来的早餐。

皮肌炎合并肺部感染的预后极差,听罢交班,我第一站前往的就是呼吸科,苏巧巧昨晚的处理很是到位,那位病人的病情已看不出一时半会加重的端倪。离开呼吸科后,我又去其他几个科挨个巡视一番苏巧巧交代我重点关注的病人,也都是一片祥和的景象。我打心底感谢苏巧巧——看来这个大年三十的班我会过得不错。

但我此时的心情又是矛盾的——病房的安宁也就意味着在这个充满喜庆味道的日子,我即将孤零零地在冷清的内科办公室里度过。我是一个生性喜静的人,春节对我而言也并非有着多大的意义,然而在这么一个特殊的时刻,我的内心深处多少渴望着一份热闹,哪怕只是形式上的。于是,转到最后几个病房的时候,我有意放慢了脚步,和值班的住院医生们聊会天、谈谈八卦,又拉了几个实习医生做了一番教学,我甚至有些希望值班医生多呼我几次,这样我好在虚假的热闹气氛中多呆上一会儿。

然而什么也没有发生。中午过后,我回到了那个熟悉的内科办公室,在转动大门钥匙的瞬间,我感觉冬天里的门把手格外冰冷。

办公室里的每个角落都还是熟悉的场景,唯一变化的是电脑桌面换成了一张年味浓郁的图片——应该是苏巧巧临走前的杰作——而此刻正好映衬出我内心深处的孤寂。我不想看书,不想上网,甚至连午饭都不想吃了,我索性翻上办公桌,合上眼睛去睡会儿觉,却发现怎么也睡不着。

就这么熬到了下午近六点。

值班手机响起时,我的心里居然是抑制不住的兴奋,看都不看来电号码就接了起来。

"内科总值班,哪里?"

"大哥,抢救室的号码都不认识了呀?"对方是石静的声音。

"啊?你们有病人要会诊吗?我马上去。"

"怎么这么积极呀?现在暂时没有要请你的会诊。我打电话是问你,今晚想不想加入我们一起吃年夜饭呀?"

"都有谁呀?"

"我,抢救室的几个护士,还有今天一起值班的亚历山大大叔。我们叫了好多外卖,待会儿轮流聚餐吃饭。"

"好的。当然参加!马上去。"挂了电话,我心情大好,一路哼着小调到了抢救室。

抢救室还是一如往常的忙碌，空置的床位只剩下两张。亚历山大大叔和一名护士正在挨个巡视着病人，看见是我，亚历山大大叔用手指了指里屋："快进去吧，他们都在里面，我们轮流出来照顾病人。"

里屋就是紧挨着抢救室的一个屋子，和内科办公室一样，是一间"多功能"的屋子，抢救室是任何时刻都离不了人的，因此，值班医生的吃饭、休息、查房和会诊都集中到这间小屋，抢救室一旦发生点什么风吹草动，或者外面的一线医生忙不过来时，屋里的后备力量就会以最快的速度出现。

推开里屋的门，浓郁的菜香扑鼻而来，几张办公桌拼在一起，上面错落有致地摆满了菜肴，八九个医生护士围坐在一起，把小小的里屋填得人气十足。看见我来了，石静在自己身边挪出一个空位。

"真香呀！难得抢救室能够在年三十吃顿'团圆饭'。"我心里暗自感叹自己中午没吃饭真有先见之明。

"吃饱了，待会儿才有力气干活。"石静笑着摇了摇头，"等老百姓们的年夜饭都吃完了，我们就该忙开了。"

"也对。想必到时候急诊会来一批胃肠炎、酒精中毒，甚至急性胰腺炎的病人吧，等放了鞭炮还会送来一些外伤的。"我坐下来，拿起筷子准备开吃。

"呸呸呸。大过年也不挑点吉利的说。"我被屋里的急诊护士们群起而攻之，猛地意识到自己还真是触了别人的霉头,连忙赔笑。

"没事,吃了我们的饭,我们就可以理所当然地把内科总值班扣下来。来了什么病人都只管让他来搞定。"石静用筷子敲了敲饭碗。

"呵呵,好呀,只要科里没什么事,我就留下来帮你们。"我说得一点也不违心,心想着大过年的待在一个热闹点的地方倒也不错。

"好,就这么定了。一顿饭捞了一个得力干将,真值了。你可要多吃点。"石静端起一盘红烧肉摆在我面前。

大家吃得毫不客气,盘中的菜肴很快就只剩不到一半,石静和一个护士又迅速地扒了几口饭,起身出门,换了亚历山大大叔和刚才一起巡视的护士上桌。又过了一会儿,桌面上的菜盘都见底了。

大家举起一次性纸杯中的可乐一饮而尽,齐声祝贺:"新年快乐!"然后收拾完桌面,各自散去,坚守在自己的岗位上。我信守诺言,和石静一起坐在抢救室的护士台边上,静候新病人的来临,我检查了一下值班手机的电量,打算今晚就这么在抢救室待着了。

晚上九点,我和石静走出抢救室去透透气。抢救室外头是分诊台和各科诊室,内科诊室门口已经排了一溜不长不短的队伍,外科诊室也在接诊数个爆竹外伤的病人,妇科和儿科诊室倒还算清闲,两个诊室的医生站在门外,仰头看着候诊大厅的电视上播放着的春节联欢晚会——这对不少人来说好比过节吃饺子一样重要，排队等候中的人们，但凡病情还可以的，大都也仰着脖子观望着。

"你看那些有心思看电视的，十之七八是没必要来急诊的，或者得的只是小病，在社区就能简简单单搞定。不过想来社区医院的医生们也都过节去了。"石静靠着抢救室门沿，对我说。

"这样一想，我们还真是敬业。"我扫了两眼正在播放的节目，内容样式还是一如既往地陈旧，"不过好在都是小病，今晚这架势，我们在抢救室待着应该还挺舒服吧？"

话音刚落，一个年轻男子背着一位老年人急匆匆地一路小跑到分诊台，嘴里喊着："医生，不得了了，我家老人晕倒了！"他背上的那位老人，脑袋斜枕在年轻男子的肩头，随着跑动的步幅一上一下地轻轻晃动着。

"看，经不住念叨吧？"石静白了我一眼，快步迎上前去。

分诊台护士将老先生放在平车上，石静摸了摸颈动脉，然后拨开眼皮用手电筒照了照。这时一个年轻女子也从急诊大门跑了过来，紧张地拽起年轻男子的手，看起来他们俩应该是夫妻。

这对夫妻告诉我们，他们俩都在外地工作，老先生就住在医院对面的胡同里，老伴去世了，平时就一个人住。今天过年，老先生张罗了一桌饭菜叫孩子回家过年，但不幸飞机晚点了，他们到家的时候已是快九点，屋里灯亮着，但敲了一阵房门无人应答,丈夫在纳闷中用备用钥匙打开房门一看,惊讶地发现老先生居然倒在地上,他赶忙背起老人,拔腿就往医院跑。于是就有了刚才那一幕。

"血压170/95毫米汞柱,心率106次/分。"我们正交谈着,在一旁监测生命体征的护士向我们汇报,接着,她给老先生接上心电图的导联,准备查心电图。

"有可能是高血压导致的脑血管意外,马上拍一个头颅CT,送到抢救室。"石静指了指CT室的方向,告诉家属做完了心电图就往那边推。

护士脱去老先生的鞋袜,只见右足踝处露出一处浅溃疡,护士安放心电图电极时有意避开了那个部位,接着,护士解开老先生的上衣,在老先生胸前固定胸前导联。这是一个偏胖的老人,平躺时腹部仍是隆起的,我站的位置刚好靠近老先生的腹部,低头一看,腹壁上有些不起眼的小针眼。

一个念头在脑中闪过,我抬头问那对夫妇:"你们父亲有糖尿病吗?"

"没有啊,从没听说过。"年轻夫妇互相看了一眼,疑惑地摇了摇头。

"查个指测血糖吧。"我示意护士。看来,这位空巢家庭的老人平日和在外奔波的子女交流甚少,我接着对年轻夫妇说道,"你们看这些腹部的小针眼,应该是注射胰岛素的部位,再看看老人家的脚,对,就是那个溃疡的位置,这像是糖尿病足的表现。得糖尿病的时间久了，会出现外周神经病变和远端血管病变，容易发生糖尿病足。老人家穿的鞋子摸起来硬邦邦的，和脚踝摩擦久了，就容易发生溃疡。"

年轻男子摸着老人家的脚，又掰了掰那双鞋子，像是在自言自语地说："爸，您怎么什么都不告诉我们呀？"

这时护士的血糖测出来了："1.8毫摩/升！"

"推40毫升高糖，再挂上一袋葡萄糖氯化钠！"石静对分诊台的另一个护士说道。

"糖尿病不应该是血里的糖分高吗？怎么还能用糖呢？"年轻女子一脸的疑惑。

"老人家应该是个糖尿病病人没错，但现在这个情况叫做低血糖昏迷。人的脑子只有靠糖才能运转，如果血糖太低，脑子就转不动，接下来就会昏迷。这时候，交感系统会兴奋，心率、血压都会跟着往上窜。所以，我们先不提头颅CT了，试着把血糖恢复到正常，如果到时不灵再谈下一步。"护士的心电图完成了，石静一边解释，一边摘下电极，帮着老人扣上衣服，"至于原因，我想问问你们，你们回到家时，老人家张罗的满桌饭菜是不是还一口没动过？"

年轻夫妇愣在那里不明所以。

"规律饮食对糖尿病病人十分重要，不然血糖就会像过山车一样。还有，过年了，给你父亲的鞋子换个新的，材质要软一点的。"我补充说。

年轻男子拉起老人家的手,贴在自己额头,良久,他低声哽咽:"爸,您受累了,儿子回家了!"

护士准备好输液的器材,引导年轻夫妇把平车推到候诊大厅的一个角落,年轻男子一路上都把老先生的手牵得很紧。

"嘿,你说,一个糖尿病病人在满满一桌饭菜前把自己饿出低血糖,是不是有些不可思议?"安置好老先生,石静对我说。

"但又有谁知道一个孤独的老人沉浸在思亲情绪中时会有怎样的举动呢?"我看到那个年轻男子还在懊悔中哽咽着,吊瓶里的液体正一滴滴地流着,配合着他落泪的样子。

过了大约半个小时,老人家醒了过来,他们说了会话,然后我看到一家三口拥在了一起,老人家脸上浮现出的满足和儿子脸上的泪痕构成一幅和谐的画面。

我还没来得及欣赏大年夜里的这点小温暖,救护车的鸣笛在急诊门口响起,急救人员抬着一个担架朝着抢救室飞奔而来,后面紧跟着的两位男子看起来像家属。

"男性,64岁,20分钟前吃完年夜饭后大出血,昏迷。我们接手时血压只有74/45毫米汞柱,正在快速补液,还用了多巴胺。现在血压升到了94/56毫米汞柱。"急救人员和我们交代病情,他的语速飞快。石静和几个护士迎了上去,把病人挪到病床上。我第一眼看到病人时,不禁吓了一跳,他的口角和鼻周布满了血迹,连担架上的枕头也被鲜血浸湿了一大片，样子有些可怕。

"应该是消化道大出血，他有肝硬化吗？今天喝酒了吗？"石静机关枪似地向家属和急救人员发问。

"没，没有肝硬化，不过今天的确是喝了酒。医生，我父亲以前有支气管扩张症，两年前有过大咯血，样子和现在的很像。"其中一个家属说。

护士接好了心电监护仪，我看了一眼，除了血压外，血氧饱和度也不乐观，只有89%。如果肺出了毛病，比如咯血时，血氧饱和度就会降低。但如果是呕血，来势凶猛时，难免发生误吸，血氧饱和度同样可能下降。

这两者的鉴别十分重要，因为后续的治疗手段截然不同。教科书上提到消化道出血时，总是用咖啡色来形容这种被胃酸浸过的血液，但这一招遇到大出血可就不灵了：只要出血足够快，流出来的血总会是鲜红的。犹豫了一小会儿，我从抢救车里拿出一根胃管："放根胃管，如果引流出来的是血，就倾向于是消化道出血。如果不是，我们就按大咯血处理，然后拍胸片证实。"

石静默不作声，拿起治疗盘里的一瓶络合碘走向担架，拧开瓶盖就往枕头上的那一摊血迹上倒，那团鲜红上绽起一抹深蓝，和血迹混杂在一起，颜色越变越深。

"看，是消化道出血！年夜饭肯定离不开淀粉类的东西，淀粉遇到碘就会变色。"石静指着枕头上的那抹深蓝。原来还有这一手呀，我看得有些意外。

了解了怎么回事后，一切都变得好办了。亚历山大大叔也亲自出马，我们针对上消化道出血泵上了洛赛克①抑制胃酸，又给病人放置了胃管引流，接着请来了消化内镜的医生，检查结果是一处胃溃疡出血，经过镜下止血，消化道出血止住了。

"不错呀，光是撒点碘酒就能诊断出疾病来！"处理完这个病人，我们几个人站在抢救室的洗手池边洗手，我对石静竖起了大拇指。

"你也很牛呀，你的好眼力也帮了那个低血糖的病人少费不少周折呢。"石静同样对我回以敬佩的眼神。

"在我们急诊科，最讲究这种快速反应和决断能力了，这在面对昏迷病人时尤其重要，病人不能自己开口说话，周围又没有人能确切地告诉你发生了什么，这时候，一两个小细节常常会给你很大帮助。"亚历山大大叔不失时机地加以总结。

这时候，分诊台的护士把头探进抢救室大门，对我们喊道："你们快过来看看，又来了一个昏迷的病人！"

"哦，今天是'国际昏迷日'吗？"石静从椅子上弹了起来，往分诊台跑去，我和亚历山大大叔紧随其后。

一个面容清秀的年轻女子躺在平车上一动不动，身边站着一对中年夫妇，眼神焦急地盯着她，分诊台的护士正

---

① 抑制胃酸的一种质子泵抑制剂，有助于上消化道出血的止血。

在给她测量生命体征。

"血压83/46毫米汞柱,心率57次/分,呼吸频率10次/分,血氧饱和度93%。"

石静一边听着测量结果,一边确认年轻女子的意识状态,然后她开始了体格检查,动作迅速而有针对性,最后,她挠了挠头:"除了瞳孔对光反射弱,其他没有什么阳性发现。"

"这是你们的女儿吗?告诉我们事情经过吧。"亚历山大大叔对中年夫妇说,刚才石静在查体时,他们的目光紧紧追着石静的手移动,他们微微俯身,竖着耳朵,一副恨不得下一秒钟就从医生口中听到诊断的样子。

"是的,是我们女儿。晚上我们一起吃年夜饭的时候她还好端端的,吃完饭,我们老两口一起看春节晚会,女儿说今天工作累了,先去休息,晚上十点多,小区里有人放烟火,可热闹了,我们去喊她起来一起看,结果……就发现她叫不醒了。"那位父亲模样的人说,他看上去还比较镇定,而那位母亲脸上挂着泪痕,一声不吭,目光始终没离开女儿。

"你们女儿以前有什么疾病吗?"

"没有。"父亲摇了摇头。

亚历山大大叔又仔细看了看平车上的年轻女子,然后,他突然凑近盯着她的双手看了好一会儿。

"女儿结婚了吧?出这么大的事,她丈夫怎么没一起来?"

"就我们俩叫120送来的。女婿工作忙,今晚值夜班。"

亚历山大大叔抬起头看着我们:"准备洗胃!抽血样和胃液送毒物检测。"

我和石静不由"啊?"一声,那对中年夫妇更是吃惊,一直没开口的母亲嚷嚷着:"毒物检测?你是说我们的孩子是中毒?不可能,怎么可能?我们是一起吃的年夜饭,你看我们两个老人还好着呢。"那位父亲像是证实似地说:"医生,如果女儿是服药中毒的话,总该发现什么药盒吧?我在她的房间里可没看到这些。"

"我不敢说这个判断一定是对的。"亚历山大大叔手掌向下压了压,示意中年夫妇镇静,"你们的孩子很年轻,没有什么基础疾病,由于心脑血管疾病导致的昏迷可能性很小;目前血压、心率、呼吸都偏慢,瞳孔对光反射弱,这些都符合镇静催眠药急性中毒的特点。我斗胆猜测你们女儿是服药自杀的。你们看,仔细观察的话,你们女儿穿着整洁,还化了点淡妆,推测是希望自己离开的样子好看些。还有这个,你们看,左手无名指根部的皮肤颜色明显白皙些,说明她平日里是一直戴戒指的,而现在看不到戒指,说明她把戒指收起来了,或许是不想戴着它离开。而戒指的含义是——我不敢肯定这些事和你们的女婿有没有什么关系,但我提醒你们注意一下。"

听着听着,那位母亲的脑袋慢慢垂了下来,双手抚摸着女儿的头发。她父亲的两只大手紧紧地扣在一起,手臂上爆着青筋。

"虽然只是猜测,但时间不等人,超过4小时,洗胃的意义就不大了,毒物筛查比较耗时,因此我们不想等到结果证实了才动手治疗。"亚历山大大叔真诚地看着那位父亲的眼睛,"我们的猜测可能会出错,但我们不想错过。"

"就按你们说的做吧。"父亲叹了口气,紧扣在一起的双手一下子松开了。而那位母亲一下子哭出声,抚摸女儿的双手也停了下来:"我早就猜你们之间有事,你们究竟发生什么事了啊?你怎么就不跟爸妈说呢?怎么就不说出来呢?"

悲欢、聚散、离合、美好和不美好的故事和情感在医院里随时上演,然而,在大年夜这样一个特别的时刻,伤感的故事比春节晚会里的欢愉气氛更触动心底。

我们不愿让伤感的故事延续出一个悲剧的结局,昏迷的年轻女子很快被安排了洗胃,再后来,血样和胃液检查的结果都提示她服用了大量安定类药物,我们加用了氟马西尼[①]治疗,过了大约一个小时,年轻女子的意识开始恢复,她显得很虚弱,但当她睁开眼睛,看到守在自己身边的父母时,她立刻用尽全力挣到母亲的怀抱中,哭着说当她的意识一丝丝地抽离自己身体的时候,内心突然有个声

---

① 用来逆转苯二氮卓类药物所致的中枢镇静作用。

音告诉自己不想死，但这时候身体再也使不出一点力气了……

"孩子，回来就好！回来就好！"父母和他们的孩子抱在一起，围成一个圆。

"像一个句号。旧的一年结束了，一切都会好的。"我心里暗暗祝福着，悄悄离开，走到抢救室门外，抬头看到候诊厅的电视上那几位熟悉的主持人正带着标志的幸福微笑进行着倒计时：10，9，8，7，6，5，……2，1！

一片欢腾！医院外面的世界隐约传来了绵绵不绝的爆竹声响。

"新年快乐！"亚历山大大叔和石静也探出抢救室透气，我们互相拱手祝贺。

"你今晚已经帮了我们不少忙了，现在已经新年第一天零点了，要不你先去休息吧，我们也不好意思把内科总值班扣在急诊一整晚当差呀。"亚历山大大叔说。

零点过后，抢救室的医生是轮流休息的，休息的地方就是抢救室的里屋。我也的确感到了一阵困意，听了亚历山大大叔的话后，对他点了点头。我下意识地看了眼值班手机，再次确认一下在急诊期间谁也没有呼过我，看来今晚的内科病房是挺平稳的。

"祝你们好运！"我对亚历山大大叔和石静说，离开之前，我又扫了一眼抢救室的候诊厅：排队的队伍明显短了许多，只剩下了两三个人。

这时，妇产科诊室的门打开，我看到一张熟悉的面容。是苏巧巧！看到熟人的我突然有些兴奋，面带着笑容，拱起双手准备上前道声"新年好"时，我的表情在下一秒钟就僵住了：苏巧巧眉头紧皱，微弯着腰，一位妇产科医生和一个年轻男子搀扶着她，看上去应该是她的老公。

他们三个人走了过来，苏巧巧看见我，痛苦的面容挤出一点笑意。

"你们抢救室还有床吗？让苏巧巧躺一会儿。"妇产科医生焦急地说，"孕16周，腹痛，阴道出血！"

我愣住了。即便我不是个妇产科医生，我也清楚地知道这句话背后的意思——流产！

"胎儿的情况如何？"亚历山大大叔一看到这情景，立马上前一起搀着苏巧巧，但口气仍透着一股沉稳。

"超声下观察，胎心和胎动都还是好的！"苏巧巧捂着肚子，因疼痛而变得苍白的脸上露出淡淡的笑容。

妇产科医生看了两眼苏巧巧，嘴唇动了两下，欲言又止，然后她扭头问道："抢救室还有床位吗？"

"最后两张床都被占掉了。"石静说着，准备走向墙角拉一台平车。

"到里屋去吧，条件虽然简陋，但也还算安静，比平车会舒服些。"亚历山大大叔说着，就把苏巧巧往里屋送，大家都往前走了好几步，我才如梦初醒般迈开脚步紧跟上去。

里屋的光线有些暗，只有一扇窗户，透气也不好，现在还依稀可以闻到我们年夜饭的味道,但好歹有一张还算温暖的小床。我们轮转急诊抢救室时,都在这张小床上睡过:疯狂忙碌之后的睡眠是最舒服的,这张简陋的小床便是承载这份舒服的载体,它或多或少留下了我们的回忆。走到床前,我看到亚历山大大叔搀扶苏巧巧的手一下子放松了许多,苏巧巧坐上床沿,护士垫上床垫,妇产科医生搀着苏巧巧的背,我托起她的腿,苏巧巧"嗯"一声,平躺在床上。

她穿着一条黑色的长裤,我扶她的时候,感觉手有些湿,以为是血,在灯光下瞟了一眼,不是。是汗吧?苏巧巧痛得流了这么多汗。我一阵心疼。

苏巧巧的老公蹲在床头,抚摸着她的头发,苏巧巧对他说:"没事,孩子还好好的呢,一会儿他们找你签什么同意书的话,你就全签同意,别犹豫,听他们的,他们都是一流的医生。"

安顿好苏巧巧,妇产科医生把她老公叫到了门外,亚历山大大叔和石静也跟了出去,房间里留下了我和苏巧巧。

"还疼吗?怎么会这样?"我站在床沿,灯光打在我身上,苏巧巧的脸隐匿在我的影子中,她面朝我侧卧着,双手捂在小肚子上。

"一周以来,我的小肚子就间断有些痛,我以为只是吃坏了肚子,没有在意,这样想来,当时应该就是先兆流产了。"苏巧巧叹了口气,"唉,你说,我连这点都分不清,是不是一个很差劲的医生呀。"

"哪里。"我摇了摇头,牵引着我的影子一阵晃动,苏巧巧的脸在我的影子里忽明忽暗,我看到她闭着眼睛,牙关紧咬,"不舒服了你就跟我们说呀,为什么还继续坚持值班呢?"

"我以为是小毛病。谁知道昨天值了个班后疼痛加重了,晚上还流出了血。"说着,苏巧巧"啊"一声,捂在肚子上的双手握成了拳头,我侧到她身旁扶她,她伸出手来紧紧抓着我的胳膊,她美丽的脸庞展现在柔和的灯光下,我看到她额头上冒着大颗的汗珠。

沉默中过了一会儿,亚历山大大叔,还有苏巧巧的老公走了进来,他们的脸上表情严肃,亚历山大大叔过来拍了拍我的肩头,带着我出去了。

"给他们留点空间。"他说。

走出里屋,关上门后,我看到妇产科医生和石静斜靠在门外的墙体,同样是一脸的严肃。

"实际上胎心、胎动已经不行了。"妇产科医生对我说。

"什么?刚才苏巧巧不还说B超检查没事吗?"我茫然地看着妇产科医生,以为自己听错了。

"我当时这么说是为了安慰苏巧巧。"妇产科医生看着我,"羊水都破了,是难免流产。"

这么说,刚才我扶苏巧巧时手上湿漉漉的感觉是——羊水?一瞬间,我感觉全身的血在倒流,我伸出手看了看,上面只留下苏巧巧紧握双手时留下的几道指甲印。

"我们和苏巧巧老公交代过了,他签了中期引产同意书。现在他进去准备告诉苏巧巧实情。"亚历山大大叔说。

"怎么可以这样?你就不能试一试保胎吗?"我几乎是激动地喊了出来,石静竖起指头放在嘴前示意我小声。

"难免流产,胎儿已经没希望了,水囊已经破了,连宫口都开2指了。"妇产科医生看着我,咬着嘴唇,无奈地摇了摇头。

我的脑子变得一片空白,心里有激流奔涌,它们向上流动着、汇聚着,愈发壮大,然而突然受阻于喉管里的狭小声腔,再也无法通过,咽住了。我不知该怎么面对这位美丽的妈妈,自己的同事,身边的战友……近一年来和苏巧巧共事的场景一幕幕地在脑中放映,最后定格在她抚摸着微微隆起的肚子,露出甜蜜微笑的画面。

这时,值班手机响起,我像逃荒似地摆脱记忆的缰绳,离开了急诊抢救室这块是非之地。

随后的夜晚,我一夜无眠,沉寂地坐在静谧的内科办公室中。

第二天来接班的是沈一帆,当他兴高采烈地对我问候过年好时,我无精打采地抬起忧伤的脸。我告诉他苏巧巧的不幸,惊愕和沉默过后,他急匆匆地和我一起前往急诊抢救室。

"引产了,过程还挺顺利。她在里屋睡着了。"亚历山大大叔对我们说。

　　我们悄悄地走进里屋。苏巧巧已经换上了病号服，侧身睡着，呼吸很均匀，她的老公坐在边上凝视着她，一只手轻轻搭在她的身上，苏巧巧的眼眶通红，脸上还带着泪痕，一半的脸颊陷在松垮垮的枕头里，好像在一夜之间瘦了许多。看到我们，她的老公很有礼貌地对我们点了点头，我们默默注视着熟睡中的苏巧巧，看了一会儿，又看了一会儿，然后慢慢地退出房间。

　　我快要把房门掩上的时候，透过狭小的缝隙里，我看到苏巧巧转了个身，睁开眼睛，目光直勾勾地望向天花板，她的老公拾起她的手放在嘴边亲吻。我犹豫了一下，轻轻地把门关严，跟着沈一帆的脚步离开了。

　　交完班离开医院的时候，我发现大年夜里的北京城降了场雪，而身处医院值班的我竟然浑然不觉。白花花的雪挂在枝头和灯笼上，盖不住冒出来的绿色，也掩不住喜庆的红色。路上有好多人在大年初一的雪景里欢腾着，大人和小孩们都穿得漂漂亮亮的，在镜头前摆出各种各样的姿势，一个小孩搂着一株树苗，摇晃着枝头的雪片，摇出一地缤纷的晶莹。

　　枝头的一片叶子也跟着一起轻轻地落下，阳光下的雪地里映射着它未触地时的影子，晃动，轻盈，又隐约含蓄。

　　我对节气只有着一知半解的了解，向来只会把春节当成春天开始的兆头。我知道，春节过后，冬雪终将融化，春天的脚步就越走越近了。

但对苏巧巧来说,春天的脚步是不是就停在了这个大雪纷飞的大年夜呢?她又需要多久才能走出这片雪地呢?

 临床感悟

"节假日值班"和"医生过劳"

沈一帆 我认为医院在节假日应该和平日一样,投入同等的劳动力。理由有三:1.医生是奉献的职业,适度放弃自己的节假日是职业道德的体现,也是选择白衣的诉求;2.疾病不会在节假日给自己"放假",而现状却是节假日生病的人可能得不到最好的医治。有研究表明[1],在节假日入院的危重病人死亡率高于平日,很大程度上和节假日医院人手不足有关;3.不少工作繁忙的人平日里没有时间只能选择节假日看病,如果转变医院的节假日运行模式,有助于在医院经营上实现节假日创收。

米梦妮 我不同意。医护人员也是劳动者,休息是一种刚性需求。医护人员的疲劳状态不适合为病人实现最好的诊治。2012年，日本独立行政法人"劳动政策研究·研修机构"经调查统计发现，有四成的医生平均每月加班时间超过80小时，可能面临"过劳死"的风险，有八成以上的医生因为慢性疲劳和慢性睡眠不足，险些酿成医疗差错。休假是每个工作者的基本权利，目的是保证工作者能张弛有度，在放松身心后更好地投入工作。美国研究生医学教育鉴定委员会（ACGME）就在2010年9月颁布了一项新条例，规定接受住院医培训中的一年级研究生最长值班时间不得超过16小时。

我　在卫生人力资源缺乏和分布不合理的普遍现状下，我认为这个问题的讨论没有意义。

[1] BMJ，2000,320（7229）:218—219.

雕刻时光

> 一年一个循环，我们的确也老了一岁，但这一岁老得很值得；不会老去的是时间，它只是转了圈又回到了原点；医学也从未老去，它越活越年轻了。

春节过后，苏巧巧调离了总住院医生的岗位，在离她任期结束还有2个月的时候。

告别仪式很简单，或者干脆说没有什么告别仪式，我们四个总住院医生在内科办公室里一起吃了顿饭。饭菜的样式也极其简单，苏巧巧刚刚小产，点菜的时候我们避开辛辣和浓烈的口味，沈一帆特意为苏巧巧点了份煲鸽子汤，苏巧巧尝了一口说太咸，但还是笑眯眯地把它一口一口地喝完了。

席间的话不多，大家都有意营造着轻松的气氛，向来喜欢互相"斗嘴"的苏巧巧和沈一帆也相敬如宾。

这顿饭吃得很慢，越到后面，随着盘中餐食的减少，大家动筷子的频率也愈发地慢，口里说出的话也愈发地少。

终于，盆干碗净，大伙相视，片刻无言。苏巧巧突然莞尔：

"嗯……是不是该说点什么呢，天下无不散的宴席。又不是见不着，大家都还在一个医院里，没多久又该见面了。"

大家都笑了。米梦妮和苏巧巧互相拥抱。

"亲爱的，在家好好休养，尽快恢复！"

"祝大家值班好运！"

曲终人散，聚过总需散。苏巧巧请了2周的病假，我们三人一同把她送到医院西门。这里是医院最古老的门脸，加上今天的天气意外的好，于是，白玉般的石阶，碧绿色的琉璃，映着湛蓝的天空，穿白衣的我们向身着美丽便装的苏巧巧挥手告别，寂静，优雅。就在这一片屋檐下，一个个故事不断地开始，又结束，而与这些故事相随的心情，早已铭刻在了记忆里。

散了，各自忙碌。

第二天，内科安排了下一批总住院医生中的其中一个提前上岗，接替苏巧巧的工作。新来的总值班叫姚熙，一个壮实偏胖的男生，在内科办公室露面时，我看到他的眼中洋溢着兴奋和激动，也闪烁着不安和紧张。

我们学着一年前杨总的样子，告诉他那些"大学教科书上没有的规则"，告诉他如何做教学，如何和外科、急诊打交道，如何在值班的日子里让自己过得好一些。姚熙一边听着，一边认真地做笔记。看着他不住点头思考的样子，我不禁在想：一年前的自己，在杨总面前是不是也是这副渴求而又兴奋的模样呢？我又看一眼米梦妮和沈一帆，和新来的姚熙的相比，我们的脸上显然是多了许多淡然和沉稳。

一年又一年，总住院医生们经历着时光的雕刻和洗礼，新人和旧人交替的时间里，是一段旅程的终点，又是下一段攀登的起点。

姚熙很快就适应了总住院医生的生活，他对所有新鲜的事物都满怀激情，乐于同我们分享他在会诊和值班中的案例，就算是忙碌了一整晚，第二天交班时他依然精神抖擞地对我们讲述昨晚抢救的经历。等交完班脱去白大衣的时候，他才表露出难以抑制的疲惫，呵欠连天地下班去了。

据说他会先去餐馆海吃一顿，然后一觉睡到傍晚，醒来后小酌一番，然后接着看文献、做科研。

"所以我瘦不下去。"我们向他证实时，姚熙显得很不好意思。

在我们离任还不到1个月的时候，姚熙已经出落成一名出色的内科总住院医生，他的眼神也渐渐透出几分成熟，他依然激情不减，喜欢和我们讨论临床工作中发生的各种事情。

这天早晨，姚熙又值了个夜班，走进内科办公室时，我看到他的小眼睛里满是血丝，不用说，想必又是熬了一整夜。

"昨晚挺忙,也挺煎熬的。"看到我们都来齐了,姚熙迫不及待地说,"妇产科收了一个孕妇,孕35周,还是个胃印戒细胞癌晚期的病人!"

我的心里咯噔一下,站了起来,我看到米梦妮的身体也颤抖了一下,我们俩几乎同时说道:"是不是叫舒雪娴?她怎么了?"

"啊?你们知道这个病人呀?"姚熙有些吃惊地看着我和米梦妮,沈一帆和舒雪娴并没有直接的接触,看到我们几个的反应,他也显得有些丈二和尚摸不着头。

"这个病人真可怜!"姚熙接着说,"胃癌晚期,多发转移,现在连吃东西都没胃口——"

"多发转移?"我的心一凉,打断道。

"是呀,腹膜转移,肝转移,还有卵巢转移。不过说来也真是的,据说她怀孕二十几周时就发现卵巢转移了,医生们都劝她终止妊娠,接受治疗,可惜她讳疾忌医!唉,结果现在都已经这样了。"

"请不要用'讳疾忌医'这几个字来形容她。她是一个坚强而伟大的母亲。"我听到这个词语时感到一阵刺耳。

"可是如果她当时听从医生的建议,她现在的状态应该会好得多吧?"

"也可能会坏得多的。我想,我们医生,通过现代医学的手段,可以去改变甚至逆转一种疾病的过程,但是改变一个人,却是现代医学不可能做到的。"

"嗯……什么意思?"姚熙有些茫然。

"姚熙,如果你进一步接触这个病人,很可能就会改变自己的想法。在这之前,我和程君浩的一些想法都是被她改变的。"米梦妮有些深沉地看着窗外,"对于一个医生而言,了解什么样的一个人得病,有时候比知道一个人得了什么病来得更重要①。"

米梦妮和我简单地把此前的故事梗概告诉了姚熙和沈一帆后,我们几个在内科办公室里怀着各自的想法,沉默了片刻。八点整,兰教授进来听交班时,她对这一反常态的鸦雀无声颇为诧异。

交完班后,米梦妮对我使了个眼色,起身出门,我心领神会,马上出门和她一起走向通往妇产科的方向,出乎意料的是,姚熙和沈一帆也很快跟了过来。

"你们是去看妇产科的那个病人吧?"姚熙小跑几步追上我们,"我也想和你们一起去。"

"我也是。"沈一帆加入了我们。

于是,我们一行内科总住院医生的队伍,向舒雪娴所在的妇产科病房走去。

终于又见到了舒雪娴。尽管我在推开她的房门前已经做了各种想象,我还是惊讶于她的变化:瘦!她实在是太瘦了……此时的她斜倚在床头,手脚像干枯的柴火,就这

---

① William Osler的一句名言。William Osler是一名19世纪的著名的医学家和教育家,他建立的住院医生制度和床旁教学制度在医学界影响深远。

么斜斜地堆放在床上，她的双颊深陷，颧骨突出，眼眶显得很深，一根胃管从她的鼻孔穿入，奶黄色的营养液正一点点地顺着胃管流动，她皮肤的颜色和营养液有些类似，我知道那是黄疸，很可能是胃癌肝转移的结果。她膨大的肚子和瘦小的身躯突兀地共存着。此时的她何尝不就是个"营养液"，肚子里的那个小生命还在毫不知情地吸吮着母亲的一切。

她的双手抚摸着肚子，动作很缓慢，也很轻柔。听到推门的动静，她的头往门边转动一下，看到我们，她浅浅地笑了笑，我看到她的头发整整齐齐地搭在双肩上，光泽有些暗淡，和以前浓郁的样子相比，似乎也掉了不少，她的巩膜发黄，眼仁很黑，里面的光依然充满着温柔和知性。

她的丈夫坐在床边上，帮她揉着双脚，几个月的时间，这位帅气的男士也瘦了一圈，他抬头看着我们，我看到他的嘴角满是胡茬，我们靠近时，他站起身，友好地对我点点头，伸出手来。

我也递出了右手，和他握在一起，他的指甲不像从前那样修剪得整整齐齐，我感受到这双手孔武有力，分量十足。

他扫了我们几个一眼，把视线收回到我和米梦妮身上，他说："谢谢你们来看望我爱人！谢谢！"

米梦妮回之以微笑，他们的目光很自然地交汇在一起，隔阂和冲撞已经烟消云散。

"你还是那样漂亮！"我靠近舒雪娴的床头。

"你比以前会说话了。"她笑了笑，双颊显得更深了，她的那双眼睛也陷了下去，尽管如此，她的脸上、眼中，依然透着掩不住的美丽。

"我讲的是真话，口述我心，不需要什么技巧。"我看着那双眼睛入神，"你觉得身体怎么样？"

舒雪娴不说话，不好意思地看了看丈夫，她的丈夫徐先生同样在注视着她那双漂亮的眼睛："这一周来小舒没胃口，吃不进什么东西，我们就住进医院来加强营养。妇产科医生说孩子已经35周了，根据我们的情况打算这周进行剖宫产，这两天正在用地塞米松①，说是为了促进胎肺成熟。各位医生，谢谢你们，太谢谢你们了，我们眼看就要坚持到了！"

徐先生的眼中夹杂着幸福、兴奋、紧张、担心……还有无尽的感慨。

"程医生，我之前一直在努力地吃东西，但这几天下来，就算肚子饿了，也还是一点胃口也没有，看到我这样子，你一定知道什么原因吧？"舒雪娴幸福地揉着丈夫的双手，把目光转向我，"医生说我是肝转移，超声医生告诉我说肝里有'牛眼征'，呵呵，你们医学上对疾病的形容还真是很有意思。"

---

① 一种长效糖皮质激素。在产科可用于早产儿，促进胎肺成熟。

肝转移癌在超声下表现为内部高回声，外周低回声的类圆形肿块，有的肿块中央高回声的区域出现低回声的表现，形成所谓的"牛眼征"——这个名词背后的意思是癌肿中心已经出血、坏死。癌症这个词，它在外文中的原意是螃蟹，现在，它也正像一只横行霸道的螃蟹，在舒雪娴柔弱的身体内横冲直撞。

"你希望孩子是男宝宝还是女宝宝呀？"我有些笨拙地岔开话题。

"呵呵，医院的规定可是不能告诉家长胎儿性别的喔，但是你们的超声医生违规了，我早在几个月前就知道是个女宝宝了。"舒雪娴抬眼看着老公，骄傲地笑了笑。

"是这样的。"徐先生解释说，他的声音有些低沉："我老婆还有好多话想说给孩子听，她把这些话，还有自己的照片，自己写的文字都刻成光盘，作为生日礼物送给孩子，她总共刻了十九份，从孩子出生到18岁，一年一份，直到孩子成年——"

徐先生的声音哽咽住了，我看到身边的米梦妮眼睛一红，沈一帆和姚熙的身体也微微一颤，脚步不由自主地动了动。

"所以我让超声医生帮我破例一次，知道了孩子的性别，我才能更好地和宝宝交流，要不然，感觉总是怪怪的。"舒雪娴看到自己的丈夫说不下去了，平静地补充道。

"是女孩的话就太好了，她会长得和你一样漂亮！找一个帅气的老公，过上幸福的生活。"我感到自己的鼻子发酸，说话夹杂着鼻音。

"嗯。我相信自己的宝宝会过得很幸福，将来她的老公也会对她很好的。"舒雪娴撒娇似地看着徐先生。

"放心吧。我想，看着我们的女儿，我会看到你小时候的影子。从今以后，我想就这么看着她慢慢长大，看看她长大后会不会比你还漂亮。"徐先生轻轻捏了一下舒雪娴的鼻子，然后抚摸着她的脑袋。

"讨厌，碰到我的胃管了。"舒雪娴小声嘟囔着，脸上带着幸福的微笑，她把目光转向米梦妮："我还想好了，我希望自己的女儿将来当个医生，就像你一样理性、专业，充满知性的美丽。我想她会是一名好医生，说不定还会攻克一两种疾病呢！"

米梦妮看着舒雪娴，笑了，笑得很真诚。

"孩子的名字我们也想好了。"徐先生搂了搂舒雪娴，两个人开心地一笑，"叫惜荷，和'熙和'谐音，一方面，我们真的感谢熙和医院的医生们给了我们这么多帮助和鼓励，另一方面，小舒最喜欢的是荷花，每年荷花节，我们都会去北京的各处公园赏荷花。"

"今年荷花盛开的季节，我不知道还能不能和你一起去看，但不管怎样，你要记得带小惜荷去看荷花哦。"舒雪娴甜甜一笑，额头上一处粉红的发夹，宛如一朵出水芙蓉。

"绿盖半篙新雨，红香一点清风。天赋本根如玉，濂溪以道心同①。"

我的鼻子酸得更厉害了，有种热泪即将涌出的感觉，我强忍住，微笑地看着舒雪娴。余光中，米梦妮早已扭头擦拭眼泪去了，沈一帆和姚熙微微低着头，目光发怔。

我看着舒雪娴恬静的脸庞，突然，她的眉头皱了起来，俯下身低着脑袋，徐先生紧张地拍着她的背："怎么了？是又恶心了吗？"

舒雪娴还是低着头，伸出骨瘦如柴的胳膊对身后的丈夫摆了摆。她长长地喘着气，好像想努力抑制住这阵胃里的翻滚，但几秒钟后，她的喘气越来越急，她脖子一伸，扭头在床旁吐了一大口，一大股奶黄色的营养液砸在地上，然后，她又吐了一大口。

咖啡样的东西！她鼻子里的胃管，也向上涌动着咖啡样的东西！

消化道出血！

"抢救！"沈一帆一把掀开房门，对着护士台大声喊道。我上前中断了胃肠营养液，小心地把舒雪娴扶在床上，米梦妮和姚熙打开床头的心电监护，连接着各种线圈。妇产科的医生护士冲了进来。

"上消化道出血！血压91/54毫米汞柱，心率134次/分，血氧饱和度95％。"我对妇产科医生护士说，"我们需要先

---

① 宋代诗人宋伯仁所作《荷花》。

用上洛赛克！"

"胎心还可以。"妇产科的赵医生冲向胎心监测仪看了看，扭头对我说，"洛赛克对胎儿有影响，不适合妊娠期使用啊。"

舒雪娴挣扎着发出虚弱的声音："程医生，有别的办法……吗？"

"听我的吧，就用这一次，一次就好。"我握着舒雪娴干瘦的手，目光盯着她的眼仁看了许久，我看到自己在她瞳孔里的倒影，好像是一副很严肃的样子，我放松一些，尝试对她笑了笑。

"行，好吧，我想我也不能老是不听你的话。"舒雪娴努力地露出微笑，"孩子怎么办？医生，现在能剖宫产吗？我感觉自己有点坚持……不下去了。"

所有人的目光转向妇产科的赵医生。

赵医生咬了咬嘴唇，对护士说："输上洛赛克！通知手术室，备血，急行剖宫产！"

护士们以最快的速度各自忙碌开。

"你们能联系消化内镜医生吗？或许我们在术中需要内镜下止血。"赵医生对我们说。

"全力以赴！"我们很肯定地异口同声。

连着监护仪和胎心监测，我们四个内科总住院医生，连同徐先生，一起护送着舒雪娴到了手术室门口，我们的行程到此为止，手术室大门的另一边，赵医生和消化内镜医生已经更换了刷手服,候在那里。在手术室大门即将关上的时候,徐先生在妻子的额头上深深地吻了一下,仿佛要用尽全身的气力,毕了,舒雪娴在病床上努力抬起头,对我们微笑着,挥了挥手,又挥了挥手,手术室的自动门像照相机快门一般地合上,把她挥手微笑的样子深深地映刻在我的脑中。

那是我见过的最美的微笑。

我也大抵猜得到她消化道出血的原因。肿瘤早已浸润了她胃部的每一个角落,或许某些地方已经在不知不觉中形成了深深的溃疡,而促进胎肺成熟的地塞米松,是一把双刃剑,它加快了胎儿成熟的步伐,同时也毫不留情地在舒雪娴早已破溃不堪的胃部狠狠地砍下一刀。

这位母亲肚子里的小生命呀,你可知道自己成长的每一步都是以母亲的牺牲为代价的?而在你即将出生的时刻,你母亲的生命可能要就此离去?

我的脑海里翻滚着各种不同的结局。我仿佛看到舒雪娴躺在手术台上,她侧过身,麻醉医生一边和她半开着玩笑,一边开始了腰麻……麻醉很顺利,麻醉医生测试了一下麻醉平面,满意地对手术医生点了点头……赵医生看了看胎心监护和心电监护,对麻醉医生竖起了大拇指……他在舒雪娴膨圆而菲薄的肚皮上划开了第一刀,红色的鲜血渗出,纱布,镊子,手术刀……层层剖离,露出了子宫……手术室中所有人都屏息注视着,舒雪娴也使劲地抬了抬头,睁大了眼睛,想要看一眼宝宝出来的样子……突然,她头一歪,胃管里再次流出了大量咖啡样的液体,麻醉医生紧张地调整着麻醉药,护士挂上了红细胞悬液,消化科医生往舒雪娴口中插入了胃镜……然后呢?然后的一切都变得模糊起来……

我听到徐先生长长地叹了一口气,他蹲在地上,埋着头,双手扶在脑后,我环顾四周,我们四个总住院医生都表情严肃地站着,保持着目送舒雪娴推进手术室时的姿势。

我看了一下表,离舒雪娴刚送进手术室还不到2分钟。但怎么好像——已经过了很久。

我们几个调整了一下姿势,坐在手术室门外的等候区,默默地等待着,大家都一句话也不说。

36分钟过后,手术室的门打开。

"舒雪娴的家属。女婴,4斤3两,母女平安。"赵医生靠在手术室的门边,摘下帽子,满头的汗珠。

"消化道出血,内镜下止血成功。"消化内镜医生站在赵医生的边上。

没有欢呼,甚至没有一句话,我们四个总住院医生缓缓地站了起来,徐先生也从椅子上站了起来,然后浑身仿佛突然失去力气,一下子跪在地上,终于大声地哭出声来。

婴儿被送到了儿科ICU,放进了温育箱,儿科医生建议观察一段时间。舒雪娴被送回了妇产科病房,推回病房的路上,她带着浅浅的微笑,闭着眼睛,她太困了,太累了,我好几次担心她会这么睡去,一觉不醒,我焦急地看看舒雪娴,又看看心电监护:心跳、呼吸、血压,生命体征是稳定的。

　　三天后,我又到了妇产科病房,在那里,我和舒雪娴见了最后一面,在徐先生的要求下,小惜荷提前从儿科ICU出来,她显得很健康,躺在舒雪娴的身边,眼睛还是闭着,小小的嘴巴一张一合,在尝试寻找着母亲的乳头。徐先生在便携式DVD机上播放着舒雪娴给小惜荷准备的出生礼物,屏幕上的舒雪娴永远是那么年轻,漂亮,声音里洋溢着浓浓的母爱和无尽的魅力,如天籁般动听。躺在病床上的舒雪娴侧着身子,睁大眼睛看着这个从肚子里钻出来的小生命,她慈爱地微笑着,一只手轻轻地抚摸着婴儿,渐渐地,她抚摸的动作越来越慢,过了一会儿,她像是累极了,她抚摸的动作慢慢停了下来,她慢慢地闭上眼睛,脸上带着浅浅的微笑。我可以感觉到她的力气正在一丝丝地抽离她的身体。

　　我期待着她说出最后一句话,但是没有。

　　徐先生没有哭,过了一天,他带着小惜荷出院了,还有那一摞沉甸甸的DVD光盘。

　　姚熙也变了许多,他还是和以前一样充满精力,干劲十足,还是和以前一样喜欢和我们诉说临床上的所见所闻,也还是和以前一样下了夜班就胡吃海塞一顿然后睡觉,但我知道他改变了许多,在他的语言中,在他的行动上,在他的表情里。我知道，他是北京熙和医院新一年的内科总住院医生，他，代表着优秀。

我的任期开始于2012年的清明节过后，结束于2013年的清明节前夕。沈一帆、米梦妮和我相继离任，另外3名新的总住院医生相继登场，新一批的总住院医生把我们戏称为"老人们"，我们笑嘻嘻地接受了。一年一个循环，我们的确也老了一岁，但这一岁老得很值得；不会老去的是时间，它只是转了圈又回到了原点；医学也从未老去，它越活越年轻了。

在离任的那个清明，我和接替自己的"新人"做好交接后，已是傍晚时分，一股思绪带着我走到了舒雪娴所在的墓地。墓地坐落在郊区的一个半山腰，早上刚下过一场细雨，山上青郁的绿草地里滚满了泪水，我在其间穿行着，裤腿被轻轻打湿。一座座墓碑在草地上陈列着，或高一些，或矮一些，但无一例外地整齐着，墓碑前摆放着祭奠和思绪。现在已是一天中较晚的时分，一路上只看到三两个还在扫墓的老人，逗留在天边的云朵婷婷袅袅，慢慢在天地交接的平面地幻化成嫣红，粉红，淡红，然后是微红，最终化为乌有，消失不见，宛如一场即将失去的好梦。

过了个转角，绕过两棵垂柳，便到了舒雪娴所在的墓地。远远地，我看到伫立着的两个人影，慢慢地走近，人影也慢慢地熟悉起来，原来是徐先生和米梦妮。

"你也过来了。"我对米梦妮说。

"和你一样，刚到。听徐先生说，他从上午就一直待在这里。"米梦妮轻轻地说，一阵风吹过，她的头发和垂柳一起软绵绵地飘动几下。

舒雪娴的墓碑很干净，没有多余的装饰，也没有繁复的雕琢，一张整齐的石板，上面刻着"爱妻舒雪娴之墓"几个大字，墓志铭也只有短短的几行文字：一位活过，爱过，全力奉献过，永远不会再老去的妻子和母亲。

站立着，注视着，片刻。在这样一座墓碑前，凭吊似乎也不需要多余的动作。

"走吗？"又过了片刻，我问。

米梦妮点点头。徐先生摇摇头。

"谢谢你们来看她，我想再陪她一会儿。"

"小惜荷可好？"

"很好！"

我和米梦妮离开了，走远了，舒雪娴的墓碑前只剩下徐先生独自站立的身影。

下山的途中，我和米梦妮慢慢地走着，我看到天边仅剩的那一点微红色的余晖慢慢地安静下去，幽静而深邃的天空中点亮了几颗明亮而孤寂的星星。

我一路上看着，心想：流逝，大概就是时间最美最真切的存在方式。

"挂着星星的天空，在城里还难得一见呢，看来明天是个好天。"米梦妮在我身边走着，我闻到一股好闻的香水味道。

"是呀。明天开始休假了,你打算去哪儿玩呢?"山路边上的路灯亮起,灯光下我和米梦妮的影子时而变长,时而变短。

"暂时没什么打算。明天我还得回医院抽血化验呢。"

我突然想到米梦妮距离那次"不愉快",时间差不多6个月了。如果明天米梦妮的抽血化验结果仍然是阴性的,那么几乎可以肯定她是安全的了。

明天会是个好天的,我想。

临床感悟

畅谈"我的这一年"

我

我很欣赏艾萨克·牛顿说过的一句话:"我不知道世人怎样看我,但我自己以为我不过像一个在海边玩耍的孩子,不时为发现比寻常更为美丽的一块卵石或一片贝壳而沾沾自喜,至于展现在我面前的浩瀚的真理海洋,却全然没有发现。"尽管从接触医学算起,前前后后已经十余年时间,但在浩瀚的医学大海面前,我感觉自己就像是一个海边

拾贝的"小孩"，为自己多掌握了一条医学知识而兴奋不已，为自己理清一个诊断思路而暗自高兴，却很少去思考医学本身是怎么回事。担任总住院医生的这一年，赋予我更多思考的时间和角度，于是，在我埋头"拾贝"的间隙，我开始尝试抬眼去看一下之前忽略已久的大海。

米梦妮　一年里发生的事情很多，我学会了坚强和忍耐。我们有过许多的梦想，今后还会不断地有梦想，它们不一定都能实现，有些梦想甚至要摒弃，但有梦想有追求的人生才会是充实的。在这个过程中，我们可能会受伤，会阴冷寂寥，遭遇本不该属于自己的痛苦。但这没什么，凡是不能打倒我的，都会使我更坚强。

苏巧巧　总住院医生的生活令人难忘，即使没有鲜花和掌声，我仍然愿意跑完全程。总住院医生的日子很苦很累，为此我失去了很多，但随着时间的流逝，我相信，将来当我忆起这段岁月，流淌在自己心中的会是美好。当然，我也加深了对一句话的理解：一个人，不要把自己太当回事，也不要把自己太不当回事。

沈一帆　医学不是单纯的自然科学,它是一门综合性很强的学科,一个好的临床医学家,除了是一名医学家,还必须是一名逻辑学家,人文学家,谈判专家和情感专家,要有自己独到的专长,还需要具备良好的团队合作。一年总住院医生的生活让我思考了很多,我深深感到自己和老教授们之间的距离,那是一段需要漫长时间来填补的鸿沟。

后记

老婆是我的第一个读者。

看完最后一页手稿,她的眼睛微红:"完了?"

"嗯。"

"但是你们的故事好像还没结束。比如:米梦妮六个月时的测试结果如何呢?她和徐先生好像还有些纠缠?苏巧巧很快就康复回来上班了吧?你们这些人还会有更多的故事吧?"

"你入戏太深。我只不过是编了一个故事,故事中的'我们'可不是现实中的我们,你大可以凭借自己的想象把故事编完。"我坐在沙发上,双手枕在脑后,望着天花板。

"你还想写续集吗?我喜欢你讲的这些故事。"

"也许会,也许不会。但我想今后会继续写医院里的人和事,这个年代的病人和医生都不容易,他们太需要一些文字去记录点什么。而我的文字,虽然不会是最好的,但一定会是真诚的。"

老婆沉默了片刻,似乎还在回味书中的情节。这时传来一阵柔弱的敲门声,我们相视会心一笑,回头盯着门:我们的孩子多多周岁了,最近她学会了一项新技能——轻轻敲几下门,然后把门推开。

　　果不其然,门缓缓开启,多多在门口露着大大的笑脸,看到我们,她咿咿呀呀地喊着,飞快地爬了过来。

　　真希望,有一天,在医院里的人们也能够露出孩子般天真的笑脸。

陈罡
2013年10月于北京协和医院